OEUVRES
DE
Mr. DE VOLTAIRE

NOUVELLE EDITION

REVUE, CORRIGÉE

ET CONSIDERABLEMENT AUGMENTÉE

PAR L'AUTEUR

ENRICHIE DE FIGURES EN TAILLE-DOUCE

TOME NEUVIEME

A DRESDE 1750.

CHEZ GEORGE CONRAD WALTHER

LIBRAIRE DU ROI.

AVEC PRIVILEGE.

TABLE
DES PIECES
contenues dans le Tome IX.

DISSER-

DISSERTATION
SUR
LA TRAGEDIE
ANCIENNE ET MODERNE

A

SON ÉMINENCE

MONSEIGNEUR

LE CARDINAL QUERINI

NOBLE VENITIEN, EVEQUE DE BRESCIA,

BIBLIOTHECAIRE DU VATICAN.

MONSEIGNEUR,

Il étoit digne d'un génie tel que le vôtre, & d'un homme qui est à la tête de la plus ancienne bibliothéque du monde, de vous donner tout entier aux lettres. On doit voir de tels Princes de l'Eglise sous un Pontife qui a éclairé le monde chrétien avant de le gouverner. Mais si tous les lettrés vous doivent de la reconnoissance, je vous en dois plus que personne, après l'honneur que vous m'avez fait de traduire en si beaux vers la Henriade & le poëme de Fontenoy. Les deux héros vertueux que j'ai célébrés sont devenus les vôtres. Vous avez daigné m'embélir pour rendre encore plus respectables aux nations les noms de Henry IV. & de Louis XV. & pour étendre de plus en plus dans l'Europe le goût des arts.

Parmi les obligations que toutes les nations modernes ont aux Italiens, & surtout aux premiers Pontifes & à leurs ministres, il faut compter la culture des belles-lettres par qui furent adoucies peu à peu les mœurs féroces & grossieres de nos peuples septentrionaux, & auxquelles nous devons aujourd'hui notre politesse, nos délices & notre gloire.

C'est sous le grand Leon X. que le théâtre grec renâquit ainsi que l'éloquence; la *Sophonisbe* du célébre

prélat

Prélat Triſſino Nonce du Pape eſt la premiere tragédie réguliere que l'Europe ait vûe après tant de ſiécles de barbarie : comme la *Calandra* du Cardinal Bibiena avoit été auparavant la premiere comédie dans l'Italie moderne. Vous fûtes les premiers qui élevâtes de grands théâtres, & qui donnâtes au monde quelque idée de cette ſplendeur de l'ancienne Gréce qui attiroit les nations étrangeres à ſes ſolemnités, & qui fut le modèle des peuples en tous les genres.

Si votre nation n'a pas toujours égalé les anciens dans le tragique, ce n'eſt pas que votre langue harmonieuſe, féconde & flexible, ne ſoit propre à tous les ſujets; mais il y a grande apparence que les progrès que vous avez faits dans la muſique, ont nui enfin à ceux de la véritable tragédie. C'eſt un talent qui a fait tort à un autre.

Permettez que j'entre avec votre Eminence dans une diſcuſſion litteraire. Quelques perſonnes, accoutumées au ſtile des epitres dédicatoires, s'étonneront que je me borne ici à comparer les uſages des Grecs avec les modernes, au lieu de comparer les grands hommes de l'antiquité avec ceux de votre maiſon; mais je parle à un ſavant, à un ſage, à celui dont les lumieres doivent m'éclairer, & dont j'ai l'honneur d'être le confrére dans la plus ancienne Académie de l'Europe, dont les membres s'occupent ſouvent de ſemblables recherches; je parle enfin à celui qui aime mieux me donner des inſtructions que de recevoir des éloges.

PRE-

* *

PREMIERE PARTIE.

Des tragédies grecques imitées par quelques opéra italiens & français.

Un célebre auteur de votre nation, dit que depuis les beaux jours d'Athenes, la tragédie errante & abandonnée, cherche de contrée en contrée quelqu'un qui lui donne la main & qui lui rende ses premiers honneurs, mais qu'elle n'a pu le trouver.

S'il entend qu'aucune nation n'a de théâtres, où des chœurs occupent presque toujours la scene & chantent des strophes, des épodes & des antistrophes accompagnées d'une danse grave ; qu'aucune nation ne fait paraitre ses acteurs sur des espéces d'échasses, & ne couvre leur visage d'un masque qui exprime la douleur d'un côté & la joye de l'autre ; que la déclamation de nos tragédies n'est point notée & soutenue par des fluttes, il a sans doute raison, & je ne sai si c'est à notre désavantage. J'ignore si la forme de nos tragédies, plus raprochée de la nature, ne vaut pas celle des Grecs qui avoit un apareil plus imposant.

Si cet auteur veut dire qu'en général ce grand art n'est pas aussi considéré depuis la renaissance des lettres, qu'il l'étoit autrefois ; qu'il y a en Europe des nations qui ont quelquefois usé d'ingratitude envers les successeurs des Sophocles & des Euripides, que nos théâtres ne sont point de ces édifices superbes dans qui les Athéniens mettoient leur gloire ; que nous ne prenons pas les mêmes soins qu'eux de ces spectacles qui sont devenus si nécessaires dans nos villes immenses : on doit être entierement de son opinion. *Et sapit, & mecum facit, & jove judicat æquo.*

Où trouver un ſpectacle qui nous donne une image de la ſcene grecque ? c'eſt peut-être dans vos tragédies, nommées opéra, que cette image ſubſiſte. Quoi, me dira-t-on, un opéra italien auroit quelque reſſemblance avec le théâtre d'Athenes ! Oui. Le récitatif italien eſt précisément la mélopée des anciens, c'eſt cette déclamation notée & ſoutenue par des inſtrumens de muſique. Cette mélopée qui n'eſt ennuieuſe que dans vos mauvaiſes *tragédies opéra*, eſt admirable dans vos bonnes piéces. Les chœurs que vous y avez ajoûtés depuis quelques années, & qui ſont liés eſſentiellement au ſujet, approchent d'autant plus des chœurs des anciens, qu'ils ſont exprimés avec une muſique différente du récitatif, comme la ſtrophe, l'épode & l'antiſtrophe étoient chantées chez les Grecs tout autrement que la mélopée des ſcenes. Ajoûtez à ces reſſemblances que dans pluſieurs *tragédies opéra* du célébre Abbé Metaſtaſio, l'unité de lieu, d'action & de tems, ſont obſervées: ajoûtez que ces piéces ſont pleines de cette poëſie d'expreſſion, & de cette élégance continue, qui embelliſſent le naturel ſans jamais le charger, talent que depuis les Grecs le ſeul Racine a poſſedé parmi nous, & le ſeul Adiſſon chez les Anglais.

Je ſai que ces tragédies ſi impoſantes par les charmes de la muſique & par la magnificence du ſpectacle, ont un défaut que les Grecs ont toujours évité ; je ſai que ce défaut a fait des monſtres des piéces les plus belles, & d'ailleurs les plus régulieres : il conſiſte à mettre dans toutes les ſcénes de ces petits airs coupés, de ces ariétes détachées qui interrompent l'action, & qui font valoir les fredons d'une voix efféminée, mais brillante au dépens de l'intérêt & du bon ſens. Le grand auteur que j'ai déja cité & qui a tiré beaucoup de ſes piéces de notre théâtre tragique, a remédié, à force de génie, à ce défaut qui eſt devenu une néceſſité. Les paroles de ſes airs détachés ſont ſouvent des embel-

embelliſſemens du ſujet même; elles ſont paſſionnées, elles ſont quelquefois comparables aux plus beaux morceaux des odes d'Horace, j'en apporterai pour preuve cette ſtrophe touchante que chante Arbace accuſé & innocent.

Vo ſolcando un mar crudele
Senza vele
E ſenza ſarte.
Freme l'onda, il ciel s'imbruna,
Creſce il vento e manca l'arte;
E il voler della fortuna
Son coſtretto a ſeguitar.
Infelice in quello ſtato,
Son da tutti abbandonato;
Meco ſola è l'innocenza
Che mi porta a naufragar.

J'y ajouterai encore cette autre ariéte ſublime que débite le Roi des Parthes vaincu par Adrien, quand il veut faire ſervir ſa défaite même à ſa vengeance.

Sprezza il furor del vento
Robuſta quercia auvezza
Di cento venti è cento
L'injurie a tolerar.
E ſe pur cade al ſuolo,
Spiega per l'onde il volo;
E con quel vento iſteſſo
Va contraſtando il mar.

Il y en a beaucoup de cette eſpece, mais que ſont des beautés hors de place? Et qu'auroit-on dit dans Athenes ſi Oedipe & Oreſte avoient, au moment de la reconconnaiſſance, chanté des petits airs fredonnés, & débité des comparaiſons à Electre & à Jocaſte ? Il faut donc avouer que l'opéra, en ſéduiſant les Italiens par les agrémens de la muſique, a détruit d'un côté la véritable tragédie grecque qu'il faiſoit renaître de l'autre.

Notre opéra français nous devoit faire encore plus de tort; notre mélopée rentre bien moins que la vôtre dans la déclamation naturelle; elle eſt plus languiſſante; elle ne permet jamais que les ſcenes ayent leur juſte étendue; elle éxige des dialogues courts en petites maximes coupées, dont chacune produit une eſpece de chanſon.

Que ceux qui ſont au fait de la vraie littérature des autres nations, & qui ne bornent pas leur ſcience aux airs de nos ballets, ſongent à cette admirable ſcene dans *la Clemenza di Tito*, entre Titus & ſon favori, qui a conſpiré contre lui; je veux parler de cette ſcene où Titus dit à Seſtus ces paroles divines:

> Siam ſoli, il tuo Sovrano
> Non è preſente; apri il tuo core à Tito,
> Confida ti all' amico; io ti prometto
> Qu' Auguſto n' ol ſaprà.

Qu'ils reliſent le monologue ſuivant où Titus dit ces autres paroles qui doivent être l'éternelle leçon de tous les rois, & le charme de tous les hommes.

> . . . . Il torre altrui la vita
> È facolta commune
> Al piu vil della terra; il dar la è ſolo
> De' numi, & de' regnanti.

Ces deux ſcénes comparables à tout ce que la Grece a eu de plus beau, ſi elles ne ſont pas ſupérieures; ces deux ſcenes dignes de Corneille, quand il n'eſt pas déclamaclamateur, & de Racine, quand il n'eſt pas faible; ces deux ſcenes qui ne ſont pas fondées ſur un amour d'opéra, mais ſur les plus nobles ſentimens du cœur humain, ont une durée trois fois plus longue au moins que les ſcenes les plus étendues de nos tragédies en muſique. De pareils morceaux ne ſeroient pas ſupportés ſur notre théâtre lyrique, qui ne ſe ſoutient guéres que par des maximes de galanterie, & par des paſſions manquées, à l'exception d'Armide, & des belles ſcenes d'Iphigénie, ouvrages plus admirables qu'imités.

Parmi nos défauts nous avons, comme vous, dans nos opera les plus tragiques, une infinité d'airs détachés, mais qui ſont plus défectueux que les vôtres, parce qu'ils ſont moins liés au ſujet. Les paroles y ſont preſque toujours aſſervies aux muſiciens, qui ne pouvant exprimer dans leurs petites chanſons les termes mâles & énergiques de notre langue, éxigent des paroles efféminées, oiſives, vagues, étrangeres à l'action, & ajcutées comme on peut à de petits airs meſurés, ſemblables à ceux qu'on appelle à Veniſe *Barcarole*. Quel raport, par exemple, entre Theſée reconnu par ſon pere ſur le point d'être empoiſonné par lui, & ces ridicules paroles.

> Le plus ſage
> S'enflamme & s'engage
> Sans ſavoir comment.

Malgré ces défauts, j'oſe encore penſer que nos bonnes tragédies opéra, telles qu'Atis, Armide, Theſée, étoient ce qui pouvoit donner parmi nous quelque idée du théâtre d'Athenes, parce que ces tragédies ſont chantées comme celles des Grecs; parce que le chœur, tout vicieux qu'on l'a rendu, tout fade panégyriſte qu'on l'a fait de la morale amoureuſe, reſſemble pourtant à celui des Grecs, en ce qu'il occupe ſouvent la ſcene. Il ne dit pas ce qu'il doit dire, il n'enſeigne pas la vertu,

& regat iratos & amet peccare timentes ; mais enfin il faut avouer que la forme des tragédies opéra nous retrace la forme de la tragédie grecque à quelques égards. Il m'a donc paru en général, en consultant les gens de lettres qui connaissent l'antiquité, que ces tragédies opera sont la copie & la ruine de la tragédie d'Athenes. Elles en sont la copie en ce qu'elles admettent la mélopée, les chœurs, les machines, les divinités : elles en sont la destruction, parce qu'elles ont accoutumé les jeunes gens à se connaître en sons plus qu'en esprit, à préférer leurs oreilles à leur ame, des roulades à des pensées sublimes, à faire valoir quelquefois les ouvrages les plus insipides & les plus mal écrits, quand ils sont soutenus par quelques airs qui nous plaisent. Mais, malgré tous ces défauts, l'enchantement qui résulte de ce mélange heureux de scenes, de chœurs, de danses, de simphonie, & de cette variété de décorations, subjugue jusqu'au critique même ; & la meilleure comédie, la meilleure tragédie n'est jamais fréquentée par les mêmes personnes aussi assidument qu'un opéra médiocre. Les beautés régulieres, nobles, séveres, ne sont pas les plus recherchées par le vulgaire ; si on représente une ou deux fois Cinna, on joue trois mois les Fêtes vénitiennes : un poëme épique est moins lû que des épigrammes licentieuses ; un petit roman sera mieux débité que l'histoire du Président de Thou. Peu de particuliers font travailler de grands peintres ; mais on se dispute des figures estropiées qui viennent de la Chine, & des ornemens fragiles. On dore, on vernit des cabinets, on néglige la noble architecture ; enfin dans tous les genres, les petits agrémens l'emportent sur le vrai mérite.

SECON-

* *

SECONDE PARTIE.

De la tragédie françaiſe comparée à la tragédie grecque.

Heureuſement la bonne & vraie tragédie parut en France avant que nous euſſions ces opéra qui auroient pû l'étouffer. Un auteur nommé Mairet fut le premier qui en imitant la Sophonisbe du Triſſino, introduiſit la régle des trois unités, que vous avez priſes des Grecs. Peu à peu notre ſcene s'épura, & ſe défit de l'indécence & de la barbarie qui deshonoroient alors tant de théâtres, & qui ſervoient d'excuſe à ceux dont la ſévérité peu éclairée condamnoit tous les ſpectacles.

Les acteurs ne parurent pas élevés comme à Athénes, ſur des cothurnes qui étoient de véritables échaſſes; leur viſage ne fut pas caché ſous de grands maſques dans leſquels des tuyaux d'airain rendoient les ſons de la voix plus frapans & plus terribles. Nous ne pûmes avoir la mélopée des Grecs. Nous nous réduisîmes à la ſimple déclamation harmonieuſe, ainſi que vous en aviez d'abord uſé. Enfin nos tragédies devinrent une imitation plus vraie de la nature. Nous ſubſtituâmes l'hiſtoire à la fable grecque. La politique, l'ambition, la jalouſie, les fureurs de l'amour régnerent ſur nos théâtres. Auguſte, Cinna, Ceſar, Cornélie plus reſpectables que des héros fabuleux, parlerent ſouvent ſur notre ſcene, comme ils auroient parlé dans l'ancienne Rome.

Je ne prétends pas que la ſcene françaiſe l'ait emporté en tout ſur celle des Grecs, & doive la faire oublier. Les inventeurs ont toujours la premiere place dans la mémoire des hommes; mais quelque reſpect qu'on ait pour ces premiers génies, cela n'empêche pas que ceux qui les ont ſuivis ne faſſent ſouvent beaucoup plus de plaiſir. On reſpecte

ſpecte Homere, mais on lit le Taſſe; on trouve dans lui beaucoup de beautés qu'Homere n'a point connues. On admire Sophocle, mais combien de nos bons auteurs tragiques ont-ils des traits de maître que Sophocle eût fait gloire d'imiter, s'il fût venu après eux? Les Grecs auroient appris de nos grands modernes à faire des expoſitions plus adroites, à lier les ſcenes les unes aux autres par cet art impérceptible qui ne laiſſe jamais le théâtre vuide, & qui fait venir & ſortir avec raiſon les perſonnages; c'eſt à quoi les anciens ont ſouvent manqué, & c'eſt en quoi le Triſſino les a malheureuſement imités.

Je maintiens, par exemple, que Sophocle & Euripide euſſent regardé la premiere ſcene de Bajazet comme une école où ils auroient profité, en voyant un vieux général d'armée annoncer, par les queſtions qu'il fait, qu'il médite une grande entrepriſe.

> Que faiſoient cependant nos braves Janiſſaires,
> Rendent-ils au Sultan, des hommages ſinceres,
> Dans le ſecret des cœurs Oſmin n'as-tu rien lû ?

Et le moment d'après:

> Crois-tu qu'ils me ſuivroient encor avec plaiſir,
> Et qu'ils reconnaîtroient la voix de leur Viſir ?

Ils auroient admiré comme ce conjuré développe enſuite ſes deſſeins, & rend compte de ſes actions. Ce grand mérite de l'art n'étoit point connu aux inventeurs de l'art. Le choc des paſſions, ces combats de ſentimens oppoſés, ces diſcours animés de rivaux & de rivales, ces querelles, ces bravades, ces plaintes réciproques, ces conteſtations intéreſſantes, où l'on dit ce que l'on doit dire; ces ſituations ſi bien ménagées les auroient étonnés; ils euſſent trouvé mauvais peut-être qu'Hippolite ſoit amoureux aſſez froidement d'Aricie, & que ſon gouverneur lui faſſe des leçons de galanterie, qu'il diſe:

Vous-

Vous-même où seriez-vous,
Si toujours votre mere à l'amour opposée,
D'une pudique ardeur n'eût brulé pour Thesée?

Paroles tirées du Pastor Fido, & bien plus convenables à un berger qu'au gouverneur d'un prince: mais ils eussent été ravis en admiration en entendant Phedre s'écrier,

Oenone, qui l'eût cru, j'avois une rivale.
...... Hippolite aime, & je n'en peux douter.
Ce farouche ennemi qu'on ne pouvoit dompter,
Qu'offensoit le respect, qu'importunoit la plainte,
Ce tigre que jamais je n'abordai sans crainte,
Soumis, aprivoisé, reconnaît un vainqueur.

Ce desespoir de Phedre en découvrant sa rivale, vaut certainement un peu mieux que la satire des femmes savantes, que fait si longuement & si mal-á-propos l'Hippolite d'Euripide, qui devient là un mauvais personnage de comédie. Les Grecs auroient surtout été surpris de cette foule de traits sublimes qui étincellent de toutes parts dans nos modernes. Quel effet ne feroit point sur eux ce vers?

Que vouliez-vous qu'il fit contre trois? qu'il mourut.

Et cette réponse peut être encore plus belle & plus passionnée que fait Hermione à Oreste, lors qu'après avoir éxigé de lui la mort de Pirrhus qu'elle aime, elle apprend malheureusement qu'elle est obéie, elle s'écrie alors:

Pourquoi l'assassiner, qu'a-t-il fait, à quel titre,
Qui te l'a dit?

ORESTE.

O Dieux, quoi ne m'avez-vous pas
Vous-même ici tantôt ordonné son trepas

HER-

HERMIONE.

Ah! falloit-il en croire une amante insensée?

Je citerai encore ici ce que dit César, quand on lui présente l'urne qui renferme les cendres de Pompée.

Restes d'un demi-Dieu, dont à peine je puis
Egaler le grand nom, tout vainqueur que j'en suis.

Les Grecs ont d'autres beautés, mais je m'en rapporte à vous, MONSEIGNEUR, ils n'en ont aucune de ce caractere.

Je vais plus loin, & je dis que ces hommes qui étoient si passionnés pour la liberté, & qui ont dit si souvent qu'on ne peut penser avec hauteur que dans les républiques, apprendroient à parler dignement de la liberté même, dans quelques-unes de nos piéces, tout-écrites qu'elles sont dans le sein d'une monarchie.

Les modernes ont encore, plus fréquemment que les Grecs, imaginé des sujets de pure invention. Nous eûmes beaucoup de ces ouvrages du tems du Cardinal de Richelieu, c'étoit son goût, ainsi que celui des Espagnols: il aimoit qu'on cherchât d'abord à peindre des mœurs & à arranger une intrigue, & qu'ensuite on donnât des noms aux personnages, comme on en use dans la comédie; c'est ainsi qu'il travailloit lui-même, quand il vouloit se délasser du poids du ministere. Le Vinceslas de Rotrou est entierement dans ce goût, & toute cette histoire est fabuleuse. Mais l'Auteur voulut peindre un jeune homme fougueux dans ses passions, avec un mélange de bonnes & de mauvaises qualités; un pere tendre & faible; & il a réussi dans quelques parties de son ouvrage. Le Cid & Héraclius tirés des Espagnols, sont encore des sujets feints; il est bien vrai qu'il y a eu un Empereur nommé Héraclius, un Capitaine espagnol qui eut le nom de Cid, mais presqu'aucunes des avantures qu'on leur attribue n'est véri-

véritable. Dans Zaïre & dans Alzire, si j'ose en parler) (& je n'en parle que pour donner des exemples connus, tout est feint jusqu'aux noms. Je ne conçois pas après cela, comment le pere Brumoy a pu dire dans son théâtre des Grecs, que la tragédie ne peut souffrir de sujets feints, & que jamais on ne prit cette liberté dans Athênes. Il s'épuise à chercher la raison d'une chose qui n'est pas; " Je crois en trouver une raison, *dit-il*, dans la nature de „ l'esprit humain : il n'y a que la vraisemblance dont il „ puisse être touché. Or il n'est pas vraisemblable que des „ faits aussi grands que ceux de la tragédie soient absolu- „ ment inconnus ; si donc le poëte invente tout le sujet „ jusqu'aux noms, le spectateur se révolte, tout lui paraît „ incroyable, & la piéce manque son effet, faute de vrai- „ semblance. „

Premierement, il est faux que les Grecs se soient interdits cette espece de tragédie. Aristote dit expressément qu'Agathon s'étoit rendu très-célébre dans ce genre. Secondement il est faux que ces sujets ne réussissent point; l'expérience du contraire dépose contre le pere Brumoy. En troisiéme lieu, la raison qu'il donne du peu d'effet que ce genre de tragédie peut faire, est encore trés-fausse: c'est assurément ne pas connaître le cœur humain, que de penser qu'on ne peut le remuer par des fictions. En quatriéme lieu, un sujet de pure invention, & un sujet vrai, mais ignoré, sont absolument la même chose pour les spectateurs: & comme notre scène embrasse des sujets de tous les tems & de tous les pays, il faudroit qu'un spectateur allât consulter tous les livres, avant qu'il sût si ce qu'on lui représente est fabuleux ou historique: il ne prend pas assurément cette peine; il se laisse attendrir quand la piéce est touchante, & il ne s'avise pas de dire, en voyant *Polieucte*, je n'ai jamais entendu parler de Sévere & de Pauline, ces gens-là ne doivent pas me toucher.

Le pere Brumoy devoit seulement remarquer que les piéces de ce genre sont beaucoup plus difficiles à faire que les

les autres. Tout le caractere de Phedre étoit déja dans Euripide ; sa déclaration d'amour dans Séneque le Tragique : toute la scene d'Auguste & de Cinna dans Séneque le Philosophe ; mais il falloit tirer Sévere & Pauline de son propre fonds. Au reste, si le pere Brumoy s'est trompé dans cet endroit & dans quelques autres, son livre est d'ailleurs un des meilleurs & des plus utiles que nous ayons, & je ne combats son erreur qu'en estimant son travail & son goût.

Je reviens, & je dis que ce seroit manquer d'ame & de jugement, que de ne pas avouer combien la scene française est au-dessus de la scene grecque, par l'art de la conduite, par l'invention, par les beautés de détail, qui sont sans nombre.

Mais aussi on seroit bien partial & bien injuste, de ne pas tomber d'accord que la galanterie a presque partout affaibli tous les avantages que nous avons d'ailleurs.

Il faut convenir que, d'environ quatre cent tragédies qu'on a données au théâtre, depuis qu'il est en possession de quelque gloire en France, il n'y en a pas dix ou douze qui ne soient fondées sur une intrigue d'amour, plus propre á la comédie qu'au genre tragique. C'est presque toujours la même piéce, le même nœud, formé par une jalousie & une rupture, & dénoué par un mariage ; c'est une coquetterie continuelle ; une simple comédie, où des princes sont acteurs, & dans laquelle il y a quelquefois du sang répandu pour la forme.

La plupart de ces piéces ressemblent si fort á des comédies, que les acteurs étoient parvenus, depuis quelque tems, á les réciter du ton dont ils jouent les piéces qu'on appelle du haut comique ; ils ont par-là contribué á dégrader encore la Tragédie : la pompe & la magnificence de la declamation ont été mises en oubli. On s'est piqué de réciter des vers comme de la prose ; on n'a pas considéré qu'un langage au-dessus du langage ordinaire, doit être

être debité d'un ton au-dessus du ton familier. Et si quelques acteurs ne s'étoient heureusement corrigé de ces défauts, la tragédie ne seroit bientôt, parmi nous, qu'une suite de conversations galantes, froidement récitées : aussi, n'y a-t-il pas encore long-temps que parmi les acteurs de toutes les troupes, les principaux rôles dans la tragédie, n'étoient connus que sous le nom de *l'Amoureux & de l'Amoureuse.* Si un étranger avoit demandé dans Athènes : Quel est votre meilleur acteur pour les amoureux dans Iphigénie, dans Hécube, dans les Héraclides, dans Oedipe & dans Electre? on n'auroit pas même compris le sens d'une telle demande. La scene française s'est lavée de ce reproche par quelques tragédies, où l'amour est une passion furieuse & terrible, & vraiment digne du théâtre, & par d'autres, où le nom d'amour n'est pas même prononcé. Jamais l'amour n'a fait verser tant de larmes que la nature. Le cœur n'est qu'effleuré, pour l'ordinaire, des plaintes d'une amante; mais il est profondément attendri de la douloureuse situation d'une mere, prête de perdre son fils; c'est donc assurément par condescendance pour son ami, que Despréaux disoit :

. . . . de l'amour la sensible peinture,
Est pour aller au cœur la route la plus sûre.

La route de la nature est cent fois plus sûre, comme plus noble; les morceaux les plus frappans d'Iphigénie, sont ceux où Clitemnestre défend sa fille, & non pas ceux où Achille défend son amante.

On a voulu donner dans Sémiramis un spectacle encore plus pathétique que dans Mérope; on y a déployé tout l'appareil de l'ancien théâtre grec. Il seroit triste, après que nos grands maîtres ont surpassé les Grecs en tant de choses dans la tragédie, que notre nation ne pût les égaler dans la dignité de leurs représentations. Un des grands obstacles qui s'opposent sur notre théatre, à toute action grande & pathétique, est la foule des spectateurs, confondue sur la scene avec les acteurs; cette indécence se fit sentir particulierement à la premiere représentation de Sémiramis. La principale actrice de Londres, qui étoit présente à ce spectacle, ne revenoit point de son étonnement: elle ne pouvoit concevoir comment il y avoit des hommes assez ennemis de leurs plaisirs, pour gâter ainsi le spectacle sans en jouir. Cet abus a été corrigé dans la suite aux représentations de Sémiramis, & il pourroit aisément être suprimé pour jamais. Il ne faut pas s'y méprendre, un inconvénient tel que celui-là seul, a suffi pour priver la France de beaucoup de chefs-d'œuvres qu'on auroit sans doute hazardés, si on avoit eû un théatre libre, propre pour l'action, & tel qu'il est chez toutes les autres nations de l'Europe.

Mais ce grand défaut n'est pas assurément le seul qui doive être corrigé. Je ne peux assez m'étonner & me plaindre du peu de soin qu'on a en France de rendre les théatres dignes des excellens ouvrages qu'on y représente, & de la nation qui en fait ses délices. Cinna, Athalie, méritoient d'être représentés ailleurs que dans un jeu de paume, au bout duquel on a élevé quelques décorations du plus mauvais goût, & dans lequel les spectateurs sont placés contre tout ordre & contre toute raison, les uns debout, sur le théatre même, les autres debout, dans ce qu'on appelle parterre, où ils sont gênés & pressés indécemment, & où ils se précipitent quelquefois en tumulte les uns sur les autres, comme dans une sédition populaire. On représente au fond du Nord, nos ouvrages dramatiques dans des salles mille fois plus magnifiques, mieux entendues, & avec beaucoup plus de décence.

Que nous sommes loin, sur-tout de l'intelligence & du bon goût qui regne en ce genre dans presque

toutes

toutes vos villes d'Italie? Il eſt honteux de laiſſer ſubſiſter encore ces reſtes de barbarie dans une ville ſi grande, ſi peuplée, ſi opulente & ſi polie. La dixiéme partie de ce que nous dépenſons tous les jours en bagatelles auſſi magnifiques qu'inutiles & peu durables, ſuffiroit pour élever des monumens publics en tous les genres, pour rendre Paris auſſi magnifique qu'il eſt riche & peuplé, & pour l'égaler un jour à Rome, qui eſt notre modèle en tant de choſes. C'étoit un des projets de l'immortel Colbert. J'oſe me flatter qu'on pardonnera cette petite digreſſion à mon amour pour les arts & pour ma patrie. Et que peut-être même un jour elle inſpirera aux magiſtrats qui ſont à la tête de cette ville, la noble envie d'imiter les magiſtrats d'Athènes & de Rome, & ceux de l'Italie moderne.

Un théâtre conſtruit ſelon les régles doit être très-vaſte; il doit repréſenter une partie d'une place publique, le périſtile d'un palais, l'entrée d'un temple. Il doit être fait de ſorte qu'un perſonnage vû par les ſpectateurs, puiſſe ne l'être point par les autres perſonnages ſelon le beſoin. Il doit en impoſer aux yeux qu'il faut toujours ſéduire les premiers. Il doit être ſuſceptible de la pompe la plus majeſtueuſe. Tous les ſpectateurs doivent voir & entendre également, en quelqu'endroit qu'ils ſoient placés. Comment cela peut-il s'exécuter ſur une ſcene étroite au milieu d'une foule de jeunes gens qui laiſſent à peine dix pieds de place aux acteurs? De-là vient que la plupart des piéces ne ſont que de longues converſations; toute action théatrale eſt ſouvent manquée & ridicule. Cet abus ſubſiſte comme tant d'autres, par la raiſon qu'il eſt établi, & parce qu'on jette rarement ſa maiſon par terre quoiqu'on ſache qu'elle eſt mal tournée. Un abus public n'eſt jamais corrigé qu'à la dernière extrémité. Au reſte, quand je parle d'une action théatrale, je parle d'un appareil, d'une cérémonie, d'une aſſemblée, d'un événement néceſſaire à la piéce, & non pas de ces vains ſpectacles plus puériles que pompeux, de ces reſſources du décorateur qui ſuppléent à la ſtérilité du poëte, & qui amuſent les yeux, quand on ne ſait pas parler aux oreilles & à l'ame. J'ai vû à Londres une piéce où l'on repréſentoit le couronnement du Roi d'Angleterre, dans toute l'exactitude poſſible. Un chevalier armé de toutes piéces entroit à cheval ſur le théâtre. J'ai quelquefois entendu dire à des étrangers : *Ah! le bel opéra que nous avons eû ; on y voyoit paſſer au galop plus de deux cens gardes.* Ces gens-là ne ſavoient pas que quatre beaux vers valent mieux dans une piéce qu'un régiment de cavalerie. Nous avons à Paris une troupe comique étrangère, qui ayant rarement de bons ouvrages à repréſenter, donne ſur le théâtre des feux d'artifice. Il y a long-tems qu'Horace, l'homme de l'antiquité qui avoit le plus de goût, a condamné ces ſottiſes qui leurent le peuple.

Eſſeda feſtinant, pilenta, petorrita, naves;
Captivum portatur ebur, captiva Corinthus.
Si foret in terris, rideret Democritus;
Spectaret populum ludis attentius ipſis.

TROI-

* *

TROISIEME PARTIE.

De Sémiramis.

Par tout ce que je viens d'avoir l'honneur de vous dire, MONSEIGNEUR, vous voyez que c'étoit une entreprise assez hardie de représenter Sémiramis assemblant les ordres de l'état pour leur annoncer son mariage ; l'ombre de Ninus sortant de son tombeau pour prévenir un inceste & pour venger sa mort ; Sémiramis entrant dans ce mausolée, & en sortant expirante, & percée de la main de son fils. Il étoit à craindre que ce spectacle ne révoltât : & d'abord, en effet, la plupart de ceux qui fréquentent les spectacles, accoutumés à des élégies amoureuses, se liguèrent contre ce nouveau genre de tragédie. On dit qu'autrefois dans une ville de la grande Gréce, on proposoit des prix pour ceux qui inventeroient des plaisirs nouveaux. Ce fut ici tout le contraire. Mais quelques efforts qu'on ait fait pour faire tomber cette espéce de drame, vraiment terrible & tragique, on n'a pû y réussir ; on disoit & on écrivoit de tous côtés que l'on ne croit plus aux revenans, & que les apparitions des morts ne peuvent être que puériles aux yeux d'une nation éclairée. Quoi ! toute l'antiquité aura cru ces prodiges, & il ne sera pas permis de se conformer à l'antiquité ? Quoi ! notre religion aura consacré ces coups extraordinaires de la Providence, & il seroit ridicule de les renouveller ?

Les Romains philosophes ne croyoient pas aux revenans du temps des Empereurs, & cependant le jeune

Pompée évoque une ombre dans la Pharsale. Les Anglais ne croyent pas assurément plus que les Romains aux revenans ; cependant ils voyent tous les jours avec plaisir dans la tragédie d'Hamlet, l'ombre d'un roi qui paraît sur le théâtre dans une occasion à peu près semblable à celle où l'on a vû à Paris le spectre de Ninus. Je suis bien loin assurément de justifier en tout la Tragédie d'Hamlet ; c'est une Piéce grossiére & barbare, qui ne seroit pas supportée par la plus vile populace de France & d'Italie. Hamlet y devient fou au second acte, & sa maîtresse devient folle au troisiéme ; le prince tue le pere de sa maîtresse croyant tuer un rat, & l'héroïne se jette dans la riviére. On fait sa fosse sur le théâtre ; des fossoyeurs disent des quolibets dignes d'eux en tenant dans leurs mains des têtes de morts ; le prince Hamlet répond à leurs grossièretés abominables par des folies non moins dégoutantes ; pendant ce tems-là, un des acteurs fait la conquête de la Pologne ; Hamlet, sa mere, & son beau-pere boivent ensemble sur le théâtre ; on chante à table ; on s'y querelle ; on se bat ; on se tue ; on croiroit que cet ouvrage est le fruit de l'imagination d'un Sauvage yvre. Mais parmi ces irrégularités grossiéres qui rendent encore aujourd'hui le théâtre anglais si absurde & si barbare, on trouve dans Hamlet, par une bizarerie encore plus grande, des traits sublimes, dignes des plus grands génies. Il semble que la nature se soit plû à rassembler dans la tête de Shakespear, ce qu'on peut imaginer de plus fort & de plus grand, avec ce que la grossièreté sans esprit peut avoir de plus bas & de plus détestable.

Il faut avouer que parmi les beautés qui étincellent au milieu de ces horribles extravagances, l'ombre du pere d'Hamlet est un des coups de théâtre des plus frapans.

frapans. Il fait toujours un grand effet sur les Anglais, je dis sur ceux qui sont les plus instruits, & qui sentent le mieux toute l'irrégularité de leur ancien théâtre. Cette ombre inspire plus de terreur à la seule lecture, que n'en fait naître l'apparition de Darius dans la tragédie d'Echyle, intitulée les Perses. Pourquoi? Parce que Darius, dans Echyle, ne paraît que pour annoncer les malheurs de sa famille; au lieu que dans Shakespear, l'ombre du pere d'Hamlet vient demander vengeance, vient révéler des crimes secrets; elle n'est ni inutile, ni amenée par force; elle sert à convaincre qu'il y a un pouvoir invisible, qui est le maître de la nature. Les hommes qui ont tous un fonds de justice dans le cœur, souhaitent naturellement que le ciel s'intéresse à venger l'innocence; on verra avec plaisir en tout tems & en tous pays, qu'un Etre suprême s'occupe à punir les crimes de ceux que les hommes ne peuvent apeller en jugement; c'est une consolation pour le faible, c'est un frein pour le pervers qui est puissant.

Du ciel, quand il le faut, la justice suprême,
Suspend l'ordre éternel, établi par lui-même:
Il permet à la mort d'interrompre ses loix,
Pour l'effroi de la terre, & l'exemple des rois.

Voilà ce que dit à Sémiramis le pontife de Babylone, & ce que le successeur de Samuël auroit pû dire à Saül, quand l'ombre de Samuël vint lui annoncer sa condamnation.

Je vais plus avant, & j'ose affirmer que lorsqu'un tel prodige est annoncé dans le commencement d'une tragédie, quand il est préparé, quand on est parvenu enfin jusq'au point de le rendre nécessaire, de le faire desirer même par les spectateurs, il se place alors au rang des choses naturelles.

On sait bien que ces grands artifices ne doivent pas être prodigués. *Nec Deus intersit, nisi dignus vindice nodus.* Je ne voudrois pas assurément, à l'imitation d'Euripide, faire descendre Diane, à la fin de la tragédie de Phedre, ni Minerve dans l'Iphigénie en Tauride. Je ne voudrois pas, comme Shakespear, faire apparaître à Brutus son mauvais génie. Je voudrois que de telles hardiesses ne fussent employées que quand elles servent à la fois à mettre dans la piéce de l'intrigue & de la terreur : & je voudrois, sur-tout, que l'intervention de ces êtres surnaturels ne parût pas absolument nécessaire. Je m'explique : si le nœud d'un poëme tragique est tellement embrouillé, qu'on ne puisse se tirer d'embarras que par le secours d'un prodige, le spectateur sent la gêne où l'auteur s'est mis, & la faiblesse de la ressource. Il ne voit qu'un écrivain qui se tire maladroitement d'un mauvais pas. Plus d'illusion, plus d'intérêt. *Quodcunque ostendis mihi, sic incredulus odi.* Mais je suppose que l'auteur d'une tragédie se fût proposé pour but d'avertir les hommes que Dieu punit quelquefois de grands crimes par des voies extraordinaires. Je suppose que sa piéce fût conduite avec un tel art, que le spectateur attendit à tout moment l'ombre d'un prince assassiné, qui demande vengeance, sans que cette apparition fût une ressource absolument nécessaire à une intrigue embarrassée : je dis qu'alors ce prodige, bien ménagé, feroit un très-grand effet en toute langue, en tout tems & en tout pays.

Tel est, à peu près, l'artifice de la tragédie de Sémiramis, (aux beautés près, dont je n'ai pu l'orner.) On voit, dès la premiere scene, que tout doit se faire

par

par le ministere céleste ; tout roule, d'acte en acte, sur cette idée. C'est un Dieu vengeur, qui inspire à Sémiramis des remords qu'elle n'eût point eûs dans ses prospérités, si les cris de Ninus même ne fussent venus l'épouvanter au milieu de sa gloire. C'est ce Dieu qui se sert de ces remords mêmes qu'il lui donne, pour préparer son châtiment ; & c'est de-là même que résulte l'instruction qu'on peut tirer de la piéce. Les anciens avoient souvent dans leurs ouvrages le but d'établir quelque grande maxime ; ainsi Sophocle finit son Oedipe, en disant qu'il ne faut jamais apeller un homme heureux avant sa mort : ici toute la morale de la piéce est renfermée dans ces vers :

- - - - - - - Il est donc des forfaits,
Que le couroux des Dieux ne pardonne jamais.

Maxime bien autrement importante que celle de Sophocle. Mais quelle instruction, dira-t-on, le commun des hommes peut-il tirer d'un crime si rare, & d'une punition plus rare encore ? j'avoue que la catastrophe de Sémiramis n'arrivera pas souvent ; mais ce qui arrive tous les jours se trouve dans les derniers vers de la piéce :

- - - - - - - Apprenez tous du moins,
Que les crimes secrets ont les Dieux pour témoins.

Il y a peu de famille sur la terre où l'on ne puisse quelquefois s'appliquer ces vers ; c'est par-là que les sujets tragiques, les plus au-dessus des fortunes communes, ont les rapports les plus vrais avec les mœurs de tous les hommes.

Je pourois, sur-tout, appliquer à la tragédie de Sémiramis la morale par laquelle Euripide finit son

 Alceste,

Alceſte, piéce dans laquelle le merveilleux regne bien davantage. *Que les Dieux employent des moyens étonnans pour éxécuter leurs éternels décrets! Que les grands événemens qu'ils ménagent ſurpaſſent les idées des mortels!*

Enfin, MONSEIGNEUR, c'eſt uniquement parce que cet ouvrage reſpire la morale la plus pure, & même la plus ſévére, que je le préſente à votre Eminence. La véritable tragédie eſt l'école de la vertu; & la ſeule différence qui ſoit entre le théâtre épuré & les livres de morale, c'eſt que l'inſtruction ſe trouve dans la tragédie toute en action; c'eſt qu'elle y eſt intéreſſante, & qu'elle ſe montre relevée des charmes d'un art qui ne fut inventé autrefois que pour inſtruire la terre, & pour bénir le ciel, & qui, par cette raiſon, fut apellé le langage des Dieux. Vous qui joignez ce grand art à tant d'autres, vous me pardonnez, ſans doute, le long détail où je ſuis entré, ſur des choſes qui n'avoient pas peut-être été encore tout-à-fait éclaircies, & qui le ſeroient, ſi votre Eminence daignoit me communiquer ſes lumières ſur l'antiquité, dont elle a une ſi profonde connaiſſance.

SEMI-

SEMIRAMIS,

TRAGEDIE.

ACTEURS.

SE'MIRAMIS.

ARZACE, ou Ninias.

AZE'MA, Princesse du Sang de Bélus.

ASSUR, Prince du Sang de Bélus.

OROE'S, Grand-Prêtre.

OTANE, Ministre attaché à Sémiramis.

MITRANE, ami d'Arzace.

CE'DAR, attaché à Assur.

Gardes, Mages, Esclaves, Suite.

SEMIRAMIS,

TRAGEDIE.

ACTE PREMIER.

Le théâtre repréſente un vaſte périſtile au fond duquel eſt le palais de Sémiramis. Les jardins en terraſſe ſont élevés au deſſus du palais, le temple des mages eſt à droite, & un mauſolée à gauche orné d'obéliſques.

SCENE PREMIERE.

ARZACE, MITRANE.

ARZACE. *Deux Eſclaves portent une Caſſette dans le lointain.*

Oui, Mitrane, en ſecret l'ordre émané du thrône,
Remet entre tes bras, Arzace à Babylone.
Que la Reine en ces lieux brillans de ſa ſplendeur
De ſon puiſſant génie imprime la grandeur !

Quel

Quel art a pu former ces enceintes profondes,
Où l'Euphrate égaré porte en tribut ses ondes,
Ce temple, ces jardins dans les airs soutenus,
Ce vaste mauzolée où repose Ninus ?
Eternels monumens moins admirables qu'elle.
C'est ici qu'à ses pieds Sémiramis m'apelle.
Les rois de l'Orient, loin d'elle prosternés,
N'ont point eu ces honneurs qui me sont destinés:
Je vais dans son éclat voir cette Reine heureuse.

MITRANE.

La renommée, Arzace, est souvent bien trompeuse:
Et peut-être avec moi bientôt vous gémirez,
Quand vous verrez de près ce que vous admirez.

ARZACE.

Comment ?

MITRANE.

Sémiramis à ses douleurs livrée
Sème ici les chagrins dont elle est dévorée:
L'horreur qui l'épouvante est dans tous les esprits.
Tantôt remplissant l'air de ses lugubres cris,
Tantôt morne, abbatue, égarée, interdite,
De quelque Dieu vengeur évitant la poursuite,
Elle tombe à genoux vers ces lieux retirés,
A la nuit, au silence, à la mort consacrés,
Séjour où nul mortel n'osa jamais descendre,
Où de Ninus, mon maître, on conserve la cendre;

Elle approche à pas lents, l'air ſombre, intimidé,
Et ſe frappant le ſein de ſes pleurs inondé.
A travers les horreurs d'un ſilence farouche,
Les noms de fils, d'époux échappent de ſa bouche,
Elle invoque les Dieux; mais les Dieux irrités
Ont corrompu le cours de ſes proſpérités.

ARZACE.

Quelle eſt d'un tel état l'origine imprévuë!

MITRANE.

L'effet en eſt affreux. La cauſe eſt inconnuë.

ARZACE.

Et depuis quand les Dieux l'accablent-ils ainſi?

MITRANE.

Du tems qu'elle ordonna que vous vinſſiez ici.

ARZACE.

Moi?

MITRANE.

Vous; ce fut, Seigneur, au milieu de ces fêtes,
Quand Babylone en feu célébroit vos conquêtes;
Lorſqu'on vit déployer ces drapeaux ſuſpendus,
Monumens des Etats à vos armes rendus:
Lorſqu'avec tant d'éclat l'Euphrate vit paraître,
Cette jeune Azéma, la niéce de mon maître;
Ce pur ſang de Bélus, & de nos ſouverains,
Qu'aux Scites raviſſeurs ont arraché vos mains;
Ce thrône a vû flêtrir ſa majeſté ſuprême,
Dans des jours de triomphe, au ſein du bonheur même.

ARZACE.

ARZACE.

Azéma n'a point part à ce trouble odieux.
Un seul de ses regards adouciroit les Dieux.
Azéma d'un malheur ne peut être la cause;
Mais de tout, cependant, Sémiramis dispose,
Son cœur en ces horreurs n'est pas toujours plongé?

MITRANE.

De ces chagrins mortels son esprit dégagé,
Souvent reprend sa force & sa splendeur première.
J'y revois tous les traits de cette ame si fière,
A qui les plus grands rois sur la terre adorés
Même par leurs flatteurs ne sont pas comparés;
Mais lorsque succombant au mal qui la déchire,
Ses mains laissent flotter les rênes de l'Empire;
Alors le fier Assur, ce Satrape insolent,
Fait gémir le palais sous son joug accablant.
Ce secret de l'Etat, cette honte du thrône,
N'ont point encor percé les murs de Babylone,
Ailleurs on nous envie, ici nous gémissons.

ARZACE.

Pour les faibles humains quelles hautes leçons!
Que partout le bonheur est mêlé d'amertume,
Qu'un trouble aussi cruel m'agite & me consume!
Privé de ce mortel dont les yeux éclairés
Auroient conduit mes pas à la Cour égarés,
Accusant le destin qui m'a ravi mon pere,
En proye aux passions d'un âge téméraire,

A mes vœux orgueilleux ſans guide abandonné,
De quels écueils nouveaux je marche environné!

MITRANE.

J'ai pleuré comme vous ce vieillard vénérable,
Phradate m'étoit cher, & ſa perte m'accable:
Hélas! Ninus l'aimoit; il lui donna ſon fils,
Ninias notre eſpoir à ſes mains fut remis.
Un même jour ravit & le fils & le pere;
Il s'impoſa dès-lors un exil volontaire.
Mais enfin ſon exil a fait votre grandeur;
Elevé près de lui dans les champs de l'honneur,
Vous avez à l'Empire ajouté des provinces,
Et placé par la gloire au rang des plus grands princes,
Vous êtes devenu l'ouvrage de vos mains.

ARZACE.

Je ne ſais en ces lieux quels ſeront mes deſtins.
Aux plaines d'Arbazan quelques ſuccès peut-être,
Quelques travaux heureux, m'ont aſſez fait connaître;
Et quand Sémiramis aux rives de l'Oxus
Vint impoſer des loix à cent peuples vaincus,
Elle laiſſa tomber de ſon char de victoire
Sur mon front jeune encor un rayon de ſa gloire;
Mais ſouvent dans les camps un ſoldat honoré
Rampe à la cour des rois, & languit ignoré.
Mon pere en expirant me dit que ma fortune,
Dépendoit en ces lieux de la cauſe commune.

Il remit dans mes mains ces gages précieux,
Qu'il conſerva toujours loin des profanes yeux;
Je dois les dépoſer dans les mains du Grand-Prêtre.
Lui ſeul doit en juger, lui ſeul doit les connaître,
Sur mon ſort en ſecret je dois le conſulter,
A Sémiramis même il peut me préſenter.

MITRANE.

Rarement il l'approche; obſcur & ſolitaire,
Renfermé dans les ſoins de ſon ſaint miniſtère,
Sans vaine ambition, ſans crainte, ſans détour,
On le voit dans ſon temple, & jamais à la Cour.
Il n'a point affecté l'orgueil du rang ſuprême,
Ni placé ſa thiare auprès du diadême.
Moins il veut être grand, plus il eſt révéré.
Quelqu'accès m'eſt ouvert en ce ſéjour ſacré;
Je puis même en ſecret lui parler à cette heure.
Vous le verrez ici, non loin de ſa demeure,
Avant qu'un jour plus grand vienne éclairer nos yeux.

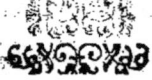

SCENE II.

ARZACE, *(seul.)*

Eh! quelle eſt donc ſur moi la volonté des Dieux?
Que me réſervent-ils! & d'où vient que mon pere
M'envoie en expirant aux pieds du ſanctuaire?
Moi ſoldat, moi, nourri dans l'horreur des combats,
Moi, qu'enfin l'Amour ſeul entraîne ſur ſes pas.
Aux Dieux des Caldéens quel ſervice ai-je à rendre?
Mais quelle voix plaintive ici ſe fait entendre,

(On entend des gémiſſemens ſortir du fond du tombeau, ou l'on ſuppoſe qu'ils ſont entendus.)

Du fond de cette tombe, un cri lugubre, affreux,
Sur mon front paliſſant fait dreſſer mes cheveux;
De Ninus, m'a-t-on dit, l'ombre en ces lieux habite,...
Les cris ont redoublé; mon ame eſt interdite.
Séjour ſombre & ſacré, manes de ce grand Roi,
Voix puiſſante des Dieux, que voulez-vous de moi?

SCENE III.

ARZACE, *le grand Mage* OROE'S, *suite de Mages*, MITRANE.

MITRANE, *au Mage* OROE'S.

Oui, Seigneur, en vos mains Arzace ici doit rendre
Ces monumens secrets que vous semblez attendre.

ARZACE.

Du Dieu des Caldéens, Pontife redouté,
Permettez qu'un guerrier à vos yeux présenté,
Aporte à vos genoux la volonté dernière
D'un pere à qui mes mains ont fermé la paupière.
Vous daignâtes l'aimer.

OROE'S.

Jeune & brave mortel,
D'un Dieu qui conduit tout, le decret éternel
Vous amene à mes yeux plus que l'ordre d'un pere.
De Phradate, à jamais, la mémoire m'est chere;
Son fils me l'est encor plus que vous ne croyez.
Ces gages précieux par son ordre envoyés,
Où sont-ils?

ARZACE.

Les voici.

Les Esclaves donnent le coffre aux deux Mages, qui le posent sur un autel.

OROE'S,

ORO E'S, *ouvrant le coffre, & se penchant avec respect & avec douleur.*

C'eſt donc vous que je touche,
Reſtes chers & ſacrés! je vous vois, & ma bouche
Preſſe avec des ſanglots ces triſtes monumens,
Qui m'arrachant des pleurs atteſtent mes ſermens:
Que l'on nous laiſſe ſeuls; allez: & vous Mitrane,
De ce ſecret miſtere écartez tout profane:

Les Mages se retirent.

Voici ce même ſeau, dont Ninus autrefois
Tranſmit aux nations l'empreinte de ſes loix:
Je la vois, cette lettre à jamais effrayante,
Que prête à ſe glacer traça ſa main mourante;
Adorez ce bandeau, dont il fut couronné;
A venger ſon trépas ce fer eſt deſtiné,
Ce fer qui ſubjugua la Perſe & la Médie,
Inutile inſtrument contre la perfidie,
Contre un poiſon trop ſûr, dont les mortels aprêts...

ARZACE.

Ciel! que m'apprenez-vous!

OROE'S.

Ces horribles ſecrets,
Sont encor demeurés dans une nuit profonde.
Du ſein de ce ſépulcre inacceſſible au monde,
Les manes de Ninus, & les Dieux outragés
Ont élevé leurs voix, & ne ſont point vengés.

 ARZACE.

ARZACE.

Jugez de quelle horreur j'ai dû ſentir l'atteinte
Ici même, & du fond de cette auguſte enceinte,
D'affreux gémiſſemens ſont vers moi parvenus.

OROES.

Ces accens de la mort ſont la voix de Ninus.

ARZACE.

Deux fois à mon oreille ils ſe ſont fait entendre.

OROES.

Ils demandent vengeance.

ARZACE.

Il a droit de l'attendre;
Mais de qui?

OROES.

Les cruels, dont les coupables mains,
Du plus juſte des rois ont privé les humains;
Ont de leur trahiſon caché la trame impie;
Dans la nuit de la tombe elle eſt enſevelie.
Aiſément des mortels ils ont ſéduit les yeux;
Mais on ne peut tromper l'œil vigilant des Dieux,
Des plus obſcurs complots il perce les abîmes.

ARZACE.

Ah! ſi ma faible main pouvoit punir ces crimes!
Je ne ſai, mais l'aſpect de ce fatal tombeau,
Dans mes ſens étonnés porte un trouble nouveau.
Ne puis-je y conſulter ce Roi qu'on y révere?

OROES.

Non, le ciel le défend; un oracle ſévère

Nous

Nous interdit l'accès de ce séjour de pleurs,
Habité par la mort, & par des Dieux vengeurs.
Attendez avec moi le jour de la justice;
Il est tems qu'il arrive, & que tout s'accomplisse.
Je n'en peux dire plus; des pervers éloigné,
Je leve en paix mes mains vers le ciel indigné.
Sur ce grand intérêt, qui peut-être vous touche,
Ce ciel, quand il lui plaît, ouvre & ferme ma bouche;
J'ai dit ce que j'ai dû; tremblez qu'en ces remparts,
Une parole, un geste, un seul de vos regards,
Ne trahisse un secret que mon Dieu vous confie.
Il y va de sa gloire & du sort de l'Asie;
Il y va de vos jours: vous, Mages, approchez,
Que ces chers monumens sous l'autel soient cachés,

La grande porte du Palais s'ouvre, & se remplit de Gardes. Assur paraît avec sa suite d'un autre côté.

Déja le Palais s'ouvre, on entre chez la Reine;
Vous voyez cet Assur, dont la grandeur hautaine
Traîne ici sur ses pas un peuple de flatteurs.
A qui, Dieu tout-puissant, donnez-vous les grandeurs!
O monstre!

ARZACE.

Quoi, Seigneur!

OROE'S.

Adieu. Quand la nuit sombre
Sur ces coupables murs viendra jetter son ombre,
Je pourai vous parler en présence des Dieux,
Redoutez-les, Arzace: ils ont sur vous les yeux.

SCENE IV.

ARZACE *sur le devant du théâtre avec Mitrane, qui reste auprès de lui.* ASSUR *vers un des côtés avec Cédar & sa suite.*

ARZACE.

De tout ce qu'il m'a dit, que mon ame est émue!
Quels crimes! quelle cour! & quelle est peu connue!
Quoi! Ninus, quoi! mon maître est mort empoisonné?
Et je ne vois que trop qu'Assur est soupçonné.

MITRANE, *approchant d'Arzace.*

Des Rois de Babylone, Assur tient sa naissance;
Sa fiere autorité veut de la déférence;
La Reine le ménage, on craint de l'offenser,
Et l'on peut sans rougir devant lui s'abaisser.

ARZACE.

Devant lui!

ASSUR, *dans l'enfoncement à Cédar.*

Me trompai-je, Arzace à Babylone?
Sans mon ordre! qui? lui! tant d'audace m'étonne.

ARZACE.

Quel orgueil?

ASSUR.

Aprochez; quels intérêts nouveaux,
Vous font abandonner vos camps & vos drapeaux?

Des

Des rives de l'Oxus, quel ſujet vous amene?

ARZACE.

Mes ſervices, Seigneur, & l'ordre de la Reine.

ASSUR.

Quoi! la Reine vous mande?

ARZACE.

Oui.

ASSUR.

Mais ſavez-vous bien
Que pour avoir ſon ordre on demande le mien?

ARZACE.

Je l'ignorois, Seigneur, & j'aurois penſé même
Bleſſer, en le croyant, l'honneur du Diadême.
Pardonnez, un ſoldat eſt mauvais courtiſan,
Nourri dans la Scytie, aux plaines d'Arbazan,
J'ai pu ſervir la cour, & non pas la connaître.

ASSUR.

L'âge, le tems, les lieux vous l'apprendront peut-être:
Mais ici par moi ſeul, aux pieds du Thrône admis:
Que venez-vous chercher près de Sémiramis?

ARZACE.

J'oſe lui demander le prix de mon courage,
L'honneur de la ſervir.

ASSUR.

Vous oſez davantage:
Vous ne m'expliquez pas vos vœux préſomptueux;
Je ſai pour Azéma vos deſſeins & vos feux.

ARZACE.

Je l'adore, sans doute, & son cœur où j'aspire,
Est d'un prix à mes yeux au-dessus de l'Empire:
Et mes profonds respects, mon amour. . . .

ASSUR.

Arrêtez.
Vous ne connaissez pas à qui vous insultez.
Qui! vous? associer la race d'un Sarmate
Au sang des demi-Dieux du Tigre & de l'Euphrate?
Je veux bien par pitié vous donner un avis;
Si vous osez porter jusqu'à Sémiramis,
L'injurieux aveu que vous osez me faire,
Vous m'avez entendu, frémissez téméraire:
Mes droits impunément ne sont pas offensés.

ARZACE.

J'y cours de ce pas même, & vous m'enhardissez:
C'est l'effet que sur moi fit toujours la menace.
Quelques soient en ces lieux les droits de votre place,
Vous n'avez pas celui d'outrager un soldat,
Qui servit & la Reine, & vous-même, & l'Etat.
Je vous parais hardi, mon feu peut vous déplaire;
Mais vous me paraissez cent fois plus téméraire,
Vous qui sous votre joug prétendant m'accabler,
Vous croyez assez grand pour m'avoir fait trembler.

ASSUR.

Pour vous punir peut-être: & je vais vous apprendre,
Quel prix de tant d'audace un sujet doit attendre.

ARZACE.

Tous deux nous l'apprendrons.

SCENE

SCENE V.

SEMIRAMIS *paraît dans le fond, appuyée sur ses femmes:* OTANE *son confident, va au-devant d'Assur.* ASSUR, ARZACE, MITRANE.

OTANE.

Seigneur, quittez ces lieux,
La Reine en ce moment se cache à tous les yeux;
Respectez les douleurs de son ame éperdue.
Dieux retirez la main sur sa tête étendue!

ARZACE.

Que je la plains!

ASSUR, *à l'un des siens.*

Sortons; & sans plus consulter,
De ce trouble inoui songeons à profiter.

SEMIRAMIS, *avance sur la scene.*

OTANE, *revenant à Sémiramis.*

O Reine, rappellez votre force première,
Que vos yeux sans horreur s'ouvrent à la lumière.

SEMIRAMIS.

O voiles de la mort, quand viendrez-vous couvrir
Mes yeux remplis de pleurs, & lassés de s'ouvrir?

Elle marche éperdue sur la scene, croyant voir l'ombre de Ninus.

Abîmes fermez-vous, fantôme horrible arrête:
Frape, ou cesse à la fin de menacer ma tête;

Arzace

Arzace est-il venu?

OTANE.

Madame, en cette cour,
Arzace auprès du temple a devancé le jour.

SEMIRAMIS.

Cette voix formidable, infernale, ou céleste,
Qui dans l'ombre des nuits pousse un cri si funeste,
M'avertit que le jour qu'Arzace doit venir,
Mes douloureux tourmens seront prêts à finir.

OTANE.

Au sein de ces horreurs goutez donc quelque joie,
Espérez dans ces Dieux, dont le bras se déploye.

SEMIRAMIS.

Arzace est dans ma cour! . . ah! je sens qu'à son nom,
L'horreur de mon forfait trouble moins ma raison.

OTANE.

Perdez-en pour jamais l'importune mémoire;
Que de Sémiramis les beaux jours pleins de gloire
Effacent ce moment heureux ou malheureux,
Qui d'un fatal Hymen brisa le joug affreux.
Ninus en vous chassant de son lit & du Thrône,
En vous perdant, Madame, eut perdu Babylone.
Pour le bien des mortels vous prévintes ses coups,
Babylone & la terre avoient besoin de vous;
Et quinze ans de vertus & de travaux utiles,
Les arides déserts par vous rendus fertiles,

Les

Les ſauvages humains ſoumis au frein des loix,
Les arts dans nos cités naiſſans à votre voix,
Ces hardis monumens que l'univers admire,
Les acclamations de ce puiſſant Empire,
Sont autant de témoins, dont le cri glorieux
A déposé pour vous au tribunal des Dieux.
Enfin, ſi leur juſtice emportoit la balance,
Si la mort de Ninus excitoit leur vengeance,
D'où vient qu'Aſſur ici brave en paix leur courroux?
Aſſur fut en effet plus coupable que vous;
Sa main, qui prépara le breuvage homicide,
Ne tremble point pourtant, & rien ne l'intimide.

SEMIRAMIS.

Nos deſtins, nos devoirs étoient trop différens;
Plus des nœuds ſont ſacrés, plus les crimes ſont grands.
J'étois épouſe, Otane, & je ſuis ſans excuſe;
Devant les Dieux vengeurs mon déſeſpoir m'accuſe.
J'avois cru que ces Dieux juſtement offenſés,
En m'arrachant mon fils, m'avoient punie aſſez;
Que tant d'heureux travaux rendoient mon diadême,
Ainſi qu'au monde entier, reſpectable au ciel même.
Mais depuis quelques mois ce ſpectre furieux
Vient affliger mon cœur, mon oreille, mes yeux;
Je me traîne à la tombe où je ne puis deſcendre,
J'y révère de loin cette fatale cendre;
Je l'invoque en tremblant: des ſons, des cris affreux,
De longs gémiſſemens répondent à mes vœux.

D'un grand événement je me vois avertie,
Et peut-être il est tems que le crime s'expie.

OTANE.

Mais est-il assuré que ce spectre fatal
Soit en effet sorti du séjour infernal?
Souvent de ses erreurs notre ame est obsédée,
De son ouvrage même elle est intimidée,
Croit voir ce qu'elle craint, & dans l'horreur des nuits
Voit enfin les objets qu'elle même a produits.

SEMIRAMIS.

Je l'ai vû; ce n'est point une erreur passagère
Qu'enfante du sommeil la vapeur mensongère;
Le sommeil à mes yeux refusant ses douceurs,
N'a point sur mes esprits répandu ses erreurs.
Je veillois, je pensois au sort qui me menace,
Lorsqu'au bord de mon lit j'entens nommer Arzace.
Ce nom me rassuroit; tu sais quel est mon cœur.
Assur depuis un tems l'a pénétré d'horreur.
Je frémis quand il faut ménager mon complice;
Rougir devant ses yeux est mon premier supplice:
Et je déteste en lui cet avantage affreux
Que lui donne un forfait qui nous unit tous deux.
Je voudrois . . . mais faut-il dans l'état qui m'opprime,
Par un crime nouveau punir sur lui mon crime!
Je demandois Arzace, afin de l'opposer
Au complice odieux qui pense m'imposer;

Je

Je m'occupois d'Arzace, & j'étois moins troublée.
Dans ces momens de paix qui m'avoient consolée,
Ce ministre de mort a reparu soudain,
Tout dégoutant de sang & le glaive à la main:
Je crois le voir encor, je crois encor l'entendre.
Vient-il pour me punir, vient-il pour me défendre?
Arzace au moment même arrivoit dans ma cour,
Le ciel à mon repos a réservé ce jour;
Cependant toute en proie au trouble qui me tue,
La paix ne rentre point dans mon ame abatue.
Je passe à tout moment de l'espoir à l'effroi,
Le fardeau de la vie est trop pesant pour moi.
Mon thrône m'importune, & ma gloire passée
N'est qu'un nouveau tourment de ma triste pensée.
J'ai nourri mes chagrins sans les manifester;
Ma peur m'a fait rougir. J'ai craint de consulter
Ce Mage révéré que chérit Babylone,
D'avilir devant lui la majesté du Thrône,
De montrer une fois en présence du ciel,
Sémiramis tremblante aux regards d'un mortel.
Mais j'ai fait en secret, moins fiere ou plus hardie,
Consulter Jupiter aux sables de Libie,
Comme si loin de nous, le Dieu de l'univers
N'eût mis la vérité qu'au fonds de ces déserts!
Le Dieu qui s'est caché dans cette sombre enceinte
A reçu dès long tems mon hommage & ma crainte;
J'ai comblé ses autels & de dons & d'encens.
Répare-t-on le crime, hélas, par des présens?
De Memphis aujourd'hui j'attens une réponse.

SCENE

SCENE VI.

SEMIRAMIS, OTANE, MITRANE.

MITRANE.

Aux portes du Palais, en ſecret on annonce,
Un prêtre de l'Egypte, arrivé de Memphis.

SEMIRAMIS.

Je verrai donc mes maux ou comblés ou finis.
Allons, cachons ſur-tout au reſte de l'Empire,
Le trouble humiliant dont l'horreur me déchire,
Et qu'Arzace à l'inſtant à mon ordre rendu,
Puiſſe aporter le calme à ce cœur éperdu.

Fin du premier Acte.

ACTE

* *

ACTE II.

SCENE I.

ARZACE, AZEMA.

AZEMA.

Arzace écoutez-moi; cet Empire indompté
Vous doit son nouveau lustre, & moi ma liberté.
Quand les Scites vaincus réparant leurs défaites,
S'élancèrent sur nous de leurs vastes-retraites,
Quand mon pere en tombant me laissa dans leurs fers;
Vous seul portant la foudre au fonds de leurs déserts,
Brisâtes mes liens, remplîtes ma vengeance.
Je vous dois tout. Mon cœur en est la récompense:
Je ne serai qu'à vous; mais notre amour nous perd.
Votre cœur généreux trop simple & trop ouvert,
A cru qu'en cette Cour ainsi qu'en votre armée,
Suivi de vos exploits & de la renommée,
Vous pouviez déployer, sincere impunément,
La fierté d'un héros & le cœur d'un amant.
Vous outragez Assur, vous devez le connaître,
Vous ne pouvez le perdre, il ménace, il est maître;
Il abuse en ces lieux de son pouvoir fatal;
Il est inéxorable . . . il est votre rival.

 ARZACE.

ARZACE.

Il vous aime! qui! lui?

AZEMA.

Ce cœur sombre & farouche,
Qui hait toute vertu, qu'aucun charme ne touche,
Ambitieux, esclave, & tiran tour à tour,
S'est-il flatté de plaire, & connaît-il l'amour?
Des Rois Assyriens comme lui descenduë,
Et plus près de ce Thrône, où je suis attenduë,
Il pense en m'immolant à ses secrets desseins,
Appuyer de mes droits, ses droits trop incertains.
Pour moi si Ninias, à qui dès sa naissance,
Ninus m'avoit donnée aux jours de mon enfance,
Si l'Héritier du Scéptre à moi seule promis,
Voyoit encor le jour près de Sémiramis,
S'il me donnoit son cœur, avec le rang suprême,
J'en atteste l'amour, j'en jure par vous-même,
Ninias me verroit préférer aujourd'hui
Un éxil avec vous, à ce Thrône avec lui.
Les campagnes du Scite, & ses climats stériles,
Pleins de votre grand nom, sont d'assez doux aziles.
Le sein de ces deserts, où nâquit notre amour,
Est pour moi Babylone, & deviendra ma cour.
Peut-être l'ennemi, que cet amour outrage,
A ce doux châtiment ne borne point sa rage.
J'ai démêlé son ame, & j'en vois la noirceur;
Le crime, ou je me trompe, étonne peu son cœur.

Votre

Votre gloire déja lui fait assez d'ombrage;
Il vous craint, il vous haït:

ARZACE.

Je le hais davantage;
Mais je ne le crains pas, étant aimé de vous.
Conservez vos bontés, je brave son couroux.
La Reine entre nous deux tient au moins la balance.
Je me suis vû d'abord admis en sa présence.
Elle m'a fait sentir, à ce premier accueil,
Autant d'humanité, qu'Assur avoit d'orgueil;
Et relevant mon front, prosterné vers son Thrône,
M'a vingt fois appellé l'appui de Babylone.
Je m'entendois flatter, de cette auguste voix,
Dont tant de Souverains ont adoré les loix;
Je la voyois franchir cet immense intervalle,
Qu'a mis entre elle & moi, la majesté royale.
Que j'en étois touché, qu'elle étoit à mes yeux
La mortelle après vous, la plus semblable aux Dieux!

AZEMA.

Si la Reine est pour nous, Assur en vain menace,
Je ne crains rien.

ARZACE.

J'allois plein d'une noble audace
Mettre à ses pieds mes vœux jusqu'à vous élevés,
Qui révoltent Assur, & que vous approuvez.
Un prêtre de l'Egypte approche au moment même,
Des oracles d'Ammon, portant l'ordre suprême.

Elle ouvre le billet d'une tremblante main,
Fixe les yeux sur moi, les détourne soudain,
Laisse couler des pleurs, interdite, éperdue,
Me regarde, soupire, & s'échape à ma vûe.
On dit qu'au désespoir son grand cœur est réduit,
Que la terreur l'accable, & qu'un Dieu la poursuit.
Je m'attendris sur elle; & je ne puis comprendre,
Qu'après plus de quinze ans, soigneux de la défendre,
Le Ciel la persécute & paraisse outragé.
Qu'a-t-elle fait aux Dieux, d'où vient qu'ils ont changé?

AZEMA.

On ne parle en effet que d'augures funestes,
De manes en couroux, de vengeances célestes.
Sémiramis troublée a semblé quelques jours,
Des soins de son Empire abandonner le cours:
Et j'ai tremblé qu'Assur en ces jours de tristesse,
Du Palais effrayé n'accablât la faiblesse.
Mais la Reine a paru; tout s'est calmé soudain,
Tout a senti le poids du pouvoir souverain.
Si déja de la Cour mes yeux ont quelque usage,
La Reine hait Assur, l'observe, le ménage:
Ils se craignent l'un l'autre; & tout prêts d'éclater,
Quelque intérêt secret semble les arrêter.
J'ai vû Sémiramis à son nom courroucée:
La rougeur de son front trahissoit sa pensée,
Son cœur paraissoit plein d'un long ressentiment;
Mais souvent à la Cour tout change en un moment.

Retour-

Retournez & parlez.

ARZACE.

J'obéis. Mais j'ignore,
Si je puis à son thrône être introduit encore.

AZEMA.

Ma voix secondera mes vœux & votre espoir,
Je fais de vous aimer ma gloire & mon devoir.
Que de Sémiramis on adore l'Empire,
Que l'Orient vaincu la respecte & l'admire,
Dans mon triomphe heureux j'envierai peu les siens.
Le monde est à ses pieds, mais Arzace est aux miens.
Allez. Assur paraît.

ARZACE.

Qui! ce traitre! à sa vûe,
D'une invincible horreur je sens mon ame émue.

SCENE II.

ASSUR, ARZACE, AZEMA.

ASSUR, *à Arzace.*

Un accueil que des rois ont vainement brigué,
Quand vous avez paru, vous est donc prodigué,
Vous avez en secret entretenu la Reine;
Mais vous a-t-elle dit que votre audace vaine
Est un outrage au Thrône, à mon honneur, au sien;
Que le sort d'Azéma ne peut s'unir qu'au mien;

Qu'à Ninias jadis Azéma fut donnée;
Qu'aux ſeuls enfans des rois ſa main eſt deſtinée;
Que du fils de Ninus le droit m'eſt aſſuré;
Qu'entre le Thrône & moi je ne vois qu'un degré?
La Reine a-t-elle enfin daigné du moins vous dire,
Dans quel piège en ces lieux votre orgueil vous attire,
Et que tous vos reſpects ne pourront effacer
Les téméraires vœux qui m'oſoient offenſer?

ARZACE.

Inſtruit à reſpecter le ſang qui vous fit naître,
Sans redouter en vous l'autorité d'un maître,
Je ſais ce qu'on vous doit, ſurtout en ces climats,
Et je m'en ſouviendrois ſi vous n'en parliez pas.
Vos ayeux, dont Bélus a fondé la nobleſſe,
Sont votre premier droit au cœur de la Princeſſe.
Vos intérêts préſens, le ſoin de l'avenir,
Le beſoin de l'Etat, tout ſemble vous unir.
Moi, contre tant de droits qu'il me faut reconnaître,
J'oſe en oppoſer un qui les vaut tous peut-être:
J'aime; & j'ajoûterois, Seigneur, que mon ſecours
A vengé ſes malheurs, a défendu ſes jours,
A ſoutenu ce Thrône où ſon deſtin l'appelle,
Si j'oſois comme vous, me vanter devant elle.
Je vais remplir ſon ordre à mon zèle commis:
Je n'en reçois que d'elle & de Sémiramis.
L'Etat peut quelque jour être en votre puiſſance;
Le Ciel donne ſouvent des rois dans ſa vengeance:

Mais

Mais il vous trompe au moins dans l'un de vos projets,
Si vous comptez Arzace au rang de vos sujets.

ASSUR.

Tu combles la mesure, & tu cours à ta perte.

SCENE III.

ASSUR, AZEMA.

ASSUR.

Madame, son audace est trop long-tems soufferte.
Mais puis-je en liberté m'expliquer avec vous
Sur un sujet plus noble & plus digne de nous?

AZEMA.

En est-il? mais parlez.

ASSUR.

Bientôt l'Asie entière
Sous vos pas & les miens, ouvre une autre carrière:
Les faibles intérêts doivent peu nous frapper;
L'univers nous appelle & va nous occuper.
Sémiramis n'est plus que l'ombre d'elle-même,
Le Ciel semble abaisser cette grandeur suprême;
Cet astre si brillant, si long-tems respecté,
Penche vers son déclin sans force & sans clarté.
On le voit, on murmure, & déja Babylone
Demande à haute voix un Héritier du Thrône.

Ce mot en dit assez; vous connaissez mes droits,
Ce n'est point à l'amour à nous donner des rois.
Non qu'à tant de beautés mon ame inaccessible,
Se fasse une vertu de paraître insensible;
Mais pour vous & pour moi, j'aurois trop à rougir,
Si le sort de l'Etat dépendoit d'un soupir.
Un sentiment plus digne, & de l'un & de l'autre,
Doit gouverner mon sort & commander au vôtre;
Vos ayeux sont les miens, & nous les trahissons,
Nous perdons l'univers si nous nous divisons.
Je peux vous étonner; cet austère langage
Effarouche aisément les graces de votre âge;
Mais je parle aux héros, aux Rois dont vous sortez,
A tous ces demi-Dieux que vous représentez.
Long-tems foulant aux pieds leur grandeur & leur cendre,
Usurpant un pouvoir où nous devons prétendre,
Donnant aux nations, ou des loix ou des fers,
Une femme imposa silence à l'univers.
De sa grandeur qui tombe affermissez l'ouvrage;
Elle eut votre beauté, possédez son courage,
L'amour à vos genoux ne doit se présenter,
Que pour vous rendre un Sceptre, & non pour vous l'ôter.
C'est ma main qui vous l'offre; & du moins je me flate,
Que vous n'immolez pas à l'amour d'un Sarmate,
La majesté d'un nom qu'il vous faut respecter,
Et le Thrône du monde où vous devez monter.

AZEMA.

AZEMA.

Repoſez-vous ſur moi ſans inſulter Arzace,
Du ſoin de maintenir la ſplendeur de ma race.
Je défendrai, ſurtout quand il en ſera tems,
Les droits que m'ont tranſmis les Rois dont je deſcends.
Je connais nos ayeux: mais après tout j'ignore,
Si parmi ces héros que l'Aſſyrie adore,
Il en eſt un plus grand, plus chéri des humains,
Que ce même Sarmate objet de vos dédains.
Aux vertus, croyez-moi, rendez plus de juſtice;
Pour moi quand il faudra que l'Hymen m'aſſerviſſe,
C'eſt à Sémiramis à faire mes deſtins,
Et j'attendrai, Seigneur, un maître de ſes mains.
J'écoute peu ces bruits que le peuple répete,
Echos tumultueux, d'une voix plus ſecrete;
J'ignore ſi vos Chefs, aux révoltes pouſſés,
De ſervir une femme, en ſecret ſont laſſés.
Je les vois à ſes pieds baiſſer leur tête altière,
Ils peuvent murmurer, mais c'eſt dans la pouſſière.
Les Dieux, dit-on, ſur elle ont étendu leurs bras.
J'ignore ſon offenſe, & je ne penſe pas,
Si le Ciel a parlé, Seigneur, qu'il vous choiſiſſe,
Pour annoncer ſon ordre & ſervir ſa juſtice.
Elle régne en un mot. Et vous qui gouvernez,
Vous prenez à ſes pieds les loix que vous donnez;
Je ne connais ici que ſon pouvoir ſuprême,
Ma gloire eſt d'obéir, obéiſſez de même.

SCENE IV.

ASSUR, CEDAR.

ASSUR.

Obéïr! ah! ce mot fait trop rougir mon front;
J'en ai trop dévoré l'insuportable affront.
Parle, as-tu réussi? ces semences de haine,
Que nos soins en secret cultivoient avec peine,
Pourront-elles porter, au gré de ma fureur,
Les fruits que j'en attends de discorde & d'horreur?

CEDAR.

J'ose espérer beaucoup. Le peuple enfin commence
A sortir du respect & de ce long silence,
Où le nom, les exploits, l'art de Sémiramis
Ont enchaîné les cœurs étonnés & soumis.
On veut un successeur au Thrône d'Assyrie;
Et quiconque, Seigneur, aime encor la patrie,
Ou qui gagné par moi se vante de l'aimer,
Dit qu'il nous faut un maître, & qu'il faut vous nommer.

ASSUR.

Chagrins toujours cuisants! honte toujours nouvelle!
Quoi! ma gloire, mon rang, mon destin dépend d'elle!
Quoi! j'aurai fait mourir & Ninus & son fils,
Pour ramper le premier devant Sémiramis,
Pour languir dans l'éclat d'une illustre disgrace,

Près

Près du Thrône du monde à la feconde place!
La Reine fe bornoit à la mort d'un Epoux;
Mais j'étendis plus loin ma fureur & mes coups:
Ninias en fecret privé de la lumière,
Du Thrône où j'afpirois, m'entrouvroit la barrière,
Quand fa puiffante main la ferma fous mes pas.
C'eft en vain que flatant l'orgueil de fes appas,
J'avois cru chaque jour prendre fur fa jeuneffe
Cet heureux afcendant que les foins, la foupleffe,
L'attention, le tems, favent fi bien donner
Sur un cœur fans deffein, facile à gouverner;
Je connus mal cette ame infléxible & profonde;
Rien ne la pût toucher que l'Empire du monde.
Elle en parût trop digne; il le faut avouer:
Je fuis dans mes fureurs contraint à la louer.
Je la vis retenir dans fes mains affurées,
De l'Etat chancelant, les rênes égarées,
Appaifer le murmure, étouffer les complots,
Gouverner en monarque, & combattre en héros.
Je la vis captiver & le peuple & l'armée;
Ce grand art d'impofer même à la renommée,
Fut l'art qui fous fon joug enchaîna les efprits;
L'univers à fes pieds demeure encor furpris.
Que dis-je? fa beauté, ce flateur avantage,
Fit adorer les loix qu'impofa fon courage;
Et quand dans mon dépit j'ai voulu confpirer,
Mes amis confternés n'ont fu que l'admirer.

Mais

Mais le charme est rompu, ce grand pouvoir chancelle.
Son génie égaré semble s'éloigner d'elle.
Un vain remords la trouble, & sa crédulité
A depuis quelques tems en secret consulté
Ces oracles menteurs d'un temple méprisable,
Que les fourbes d'Egypte ont rendu vénérable.
Son encens & ses vœux fatiguent les autels:
Elle devient semblable au reste des mortels:
Elle a connu la crainte; & j'ai vû sa faiblesse.
Je ne puis m'élever, qu'autant qu'elle s'abaisse:
De Babylone au moins, j'ai fait parler la voix.
Sémiramis enfin, va céder une fois.
Ce premier coup porté, sa ruine est certaine.
Me donner Azéma, c'est cesser d'être Reine;
Oser me refuser, soulève ses Etats;
Et de tous les côtés le piège est sous ses pas.
Mais peut-être après tout, quand je crois la surprendre,
J'ai lassé ma fortune à force de l'attendre.

CEDAR.

Si la Reine vous cède & nomme un Héritier,
Assur de son destin peut-il se défier?
De vous & d'Azéma, l'union desirée
Rejoindra de nos Rois la tige séparée.
Tout vous porte à l'Empire, & tout parle pour vous.

ASSUR.

Pour Azéma, sans doute, il n'est point d'autre époux.

Mais

Mais pourquoi de si loin faire venir Arzace?
Elle a favorisé son insolente audace.
Tout prêt à le punir je me vois retenu
Par cette même main dont il est soutenu.
Prince, mais sans sujets, Ministre, & sans puissance,
Environné d'honneurs, & dans la dépendance,
Tout m'afflige, une amante, un jeune audacieux,
Des prêtres consultés, qui font parler leurs Dieux.
Sémiramis enfin toujours en défiance,
Qui me ménage à peine, & qui craint ma présence!
Nous verrons si l'ingrate, avec impunité,
Ose pousser à bout un complice irrité.

Il veut sortir.

SCENE V.

ASSUR, OTANE, CEDAR.

OTANE.

Seigneur, Sémiramis vous ordonne d'attendre,
Elle veut en secret vous voir & vous entendre,
Et de cet entretien qu'aucun ne soit témoin,

ASSUR.

A ses ordres sacrés j'obéis avec soin,
Otane, & j'attendrai sa volonté suprême.

SCENE

SCENE VI.

ASSUR, CEDAR.

ASSUR.

Eh! d'où peut donc venir ce changement extrême?
Depuis près de trois mois, je lui semble odieux;
Mon aspect importun lui fait baisser les yeux;
Toujours quelque témoin nous voit & nous écoute;
De nos froids entretiens, qui lui pesent sans doute,
Ses soudaines frayeurs interrompent le cours,
Son silence souvent répond à mes discours;
Que veut-elle me dire! ou que veut-elle apprendre?
Elle avance vers nous; c'est elle. Va m'attendre.

SCENE VII.

SEMIRAMIS, ASSUR.

SEMIRAMIS.

Seigneur, il faut enfin que je vous ouvre un cœur,
Qui long-tems devant vous dévora sa douleur.
J'ai gouverné l'Asie & peut-être avec gloire;
Peut-être Babylone, honorant ma mémoire,
Mettra Sémiramis à côté des grands Rois.
Vos mains de mon empire ont soutenu le poids,

Par

Par tout victorieuse, absolue, adorée,
De l'encens des humains je vivois enivrée:
Tranquille, j'oubliai, sans crainte & sans ennuis,
Quel dégré m'éleva dans ce rang où je suis.
Des Dieux dans mon bonheur j'oubliai la justice.
Elle parle, je cède, & ce grand édifice,
Que je crus à l'abri des outrages du tems,
Veut être rafermi jusqu'en ses fondemens.

ASSUR.

Madame, c'est à vous d'achever votre ouvrage,
De commander au tems, de prévoir son outrage.
Qui pourroit obscurcir des jours si glorieux?
Quand la terre obéit, que craignez-vous des Dieux?

SEMIRAMIS.

La cendre de Ninus repose en cette enceinte;
Et vous me demandez le sujet de ma crainte?
Vous!

ASSUR.

Je vous avouerai que je suis indigné,
Qu'on se souvienne encor, si Ninus a regné.
Craint-on après quinze ans ses manes en colère!
Ils se seroient vengés, s'ils avoient pû le faire.
D'un éternel oubli ne tirez point les morts.
Je suis épouvanté, mais c'est de vos remords.
Ah! ne consultez point d'oracles inutiles:
C'est par la fermeté qu'on rend les Dieux faciles.

Ce

Ce fantôme inouï, qui paraît en ce jour,
Qui nâquit de la crainte, & l'enfante à son tour,
Peut-il vous effrayer par tous ses vains prestiges?
Pour qui ne les craint point, il n'est point de prodiges:
Ils sont l'appas grossier des peuples ignorans,
L'invention du fourbe, & le mépris des grands.
Mais si quelque intérêt, plus noble & plus solide,
Eclaire votre esprit qu'un vain trouble intimide,
S'il vous faut de Bélus éterniser le sang,
Si la jeune Azéma prétend à ce haut rang.

SEMIRAMIS.

Je viens vous en parler. Ammon & Babylone
Demandent sans détour un Héritier du Thrône.
Il faut que de mon Sceptre on partage le faix,
Et le peuple & les Dieux vont être satisfaits.
Vous le savez assez, mon superbe courage
S'étoit fait une loi de régner sans partage:
Je tins sur mon Hymen l'univers en suspens;
Et quand la voix du peuple, à la fleur de mes ans,
Cette voix qu'aujourd'hui le Ciel même seconde,
Me pressoit de donner des Souverains au monde;
Si quelqu'un pût prétendre au nom de mon Epoux,
Cet honneur, je le sais, n'appartenoit qu'à vous.
Vous deviez l'espérer; mais vous pûtes connaître
Combien Sémiramis craignoit d'avoir un maître;
Je vous fis, sans former un lien si fatal,
Le second de la terre, & non pas mon égal,

C'étoit

C'étoit assez, Seigneur, & j'ai l'orgueil de croire
Que ce rang auroit pû suffire à votre gloire.
Le Ciel me parle enfin, j'obéis à sa voix;
Ecoutez son oracle, & recevez mes loix.
„ Babylone doit prendre une face nouvelle,
„ Quand d'un second Hymen allumant le flambeau,
„ Mere trop malheureuse, Epouse trop cruelle,
„ Tu calmeras Ninus au fond de son tombeau.
C'est ainsi que des Dieux l'ordre éternel s'explique.
Je connais vos desseins & votre politique,
Vous voulez dans l'Etat vous former un parti;
Vous m'opposez le sang dont vous êtes sorti;
De vous & d'Azéma mon successeur peut naître;
Vous briguez cet Hymen, elle y prétend peut-être.
Mais moi, je ne veux pas que vos droits & les siens,
Ensemble confondus, s'arment contre les miens:
Telle est ma volonté, constante, irrévocable.
C'est à vous de juger si le Dieu qui m'accable
A laissé quelque force à mes sens interdits,
Si vous reconnaissez encor Sémiramis,
Si je peux soutenir la majesté du Thrône.
Je vais donner, Seigneur, un maître à Babylone;
Mais soit qu'un si grand choix honore un autre ou vous,
Je serai Souveraine en prenant un Epoux.
Assemblez seulement les Princes & les Mages,
Qu'ils viennent à ma voix joindre ici leurs suffrages;

Le don de mon Empire & de ma liberté
Eſt l'acte le plus grand de mon autorité.
Loin de le prévenir qu'on l'attende en ſilence.
Le Ciel à ce grand jour attache ſa clémence;
Tout m'annonce des Dieux qui daignent ſe calmer,
Mais c'eſt le repentir qui doit les déſarmer;
Croyez-moi, les remords, à vos yeux mépriſables,
Sont la ſeule vertu qui reſte à des coupables;
Je vous parais timide & faible, déſormais
Connaiſſez la faibleſſe, elle eſt dans les forfaits;
Cette crainte n'eſt pas honteuſe au Diadême,
Elle convient aux Rois, & ſur-tout à vous-même;
Et je vous apprendrai qu'on peut ſans s'avilir
S'abaiſſer ſous les Dieux, les craindre & les ſervir.

SCENE VIII.

ASSUR *ſeul.*

Quels diſcours étonnans! quels projets! quel langage!
Eſt-ce crainte, artifice, ou faibleſſe, ou courage?
Prétend-elle en cédant raffermir ſes deſtins;
Et s'unit-elle à moi pour tromper mes deſſeins?
A l'Hymen d'Azéma je ne dois point prétendre!
C'eſt m'aſſurer du ſien que je dois ſeul attendre.

Ce que n'ont pû mes soins & nos communs forfaits,
L'hommage dont jadis je flattai ses attraits,
Mes brigues, mon dépit, la crainte de sa chute,
Un oracle d'Egypte, un songe l'exécute?
Quel pouvoir inconnu gouverne les humains!
Que de faibles ressorts font d'illustres destins!
Doutons encor de tout, voyons encor la Reine.
Sa résolution me paraît trop soudaine,
Trop de soins, à mes yeux, paraissent l'occuper.
Et qui change aisément, est faible, ou veut tromper.

Fin du second Acte.

ACTE III.

SCENE I.

SEMIRAMIS, OTANE.

Le théâtre représente un cabinet du Palais.

SEMIRAMIS.

Otane, qui l'eût crû, que les Dieux en colere,
Me tendoient en effet une main salutaire;
Qu'ils ne m'épouvantoient que pour se désarmer?
Ils ont ouvert l'abîme & l'ont daigné fermer,
C'est la foudre à la main qu'ils m'ont donné ma grace,
Ils ont changé mon sort; ils ont conduit Arzace;
Ils veulent mon Hymen; ils veulent expier
Par ce lien nouveau, les crimes du premier.
Non, je ne doute plus que des cœurs ils disposent.
Le mien vole au-devant de la loi qu'ils m'imposent.
Arzace! c'en est fait, je me rends, & je voi
Que tu devois régner sur le monde & sur moi.

OTANE.

Arzace! Lui?

SEMIRAMIS.

Tu sais qu'aux plaines de Scitie,
Quand je vangeois la Perse, & subjuguois l'Asie,

Ce

Ce héros, (sous son pere il combattoit alors)
Ce héros entouré de captifs & de morts,
M'offrit, en rougissant, de ses mains triomphantes,
Des ennemis vaincus les dépouilles sanglantes:
A son premier aspect tout mon cœur étonné
Par un pouvoir secret se sentit entraîné;
Je n'en pus affaiblir le charme inconcevable;
Le reste des mortels me sembla méprisable;
Assur qui m'observoit ne fut que trop jaloux:
Dès lors le nom d'Arzace aigrissoit son couroux:
Mais l'image d'Arzace occupa ma pensée,
Avant que de nos Dieux la main me l'eut tracée,
Avant que cette voix qui commande à mon cœur,
Me désignât Arzace, & nommât mon vainqueur.

OTANE.

C'est beaucoup abaisser ce superbe courage
Qui des maîtres du Gange a dédaigné l'hommage,
Qui n'écoutant jamais de faibles sentimens,
Veut des Rois pour sujets, & non pas pour amans.
Vous avez méprisé jusqu'à la beauté même,
Dont l'Empire accroissoit votre Empire suprême:
Et vos yeux sur la terre exerçoient leur pouvoir,
Sans que vous daignassiez vous en apercevoir.
Quoi, de l'amour enfin connaissez-vous les charmes,
Et pouvez-vous passer de ces sombres allarmes
Au tendre sentiment qui vous parle aujourd'hui?

SEMIRAMIS.

Non, ce n'est point l'amour qui m'entraîne vers lui:

Mon ame par les yeux ne peut être vaincue.
Ne crois pas qu'à ce point de mon rang descendue,
Ecoutant dans mon trouble un charme suborneur,
Je donne à la beauté le prix de la valeur;
Je crois sentir du moins de plus nobles tendresses.
Malheureuse! est-ce à moi d'éprouver des faiblesses!
De connaître l'amour & ses fatales loix!
Otane, que veux-tu: je fus mere autrefois;
Mes malheureuses mains à peine cultiverent
Ce fruit d'un triste Hymen que les Dieux m'enleverent.
Seule en proie aux chagrins qui venoient m'allarmer,
N'ayant autour de moi, rien que je pusse aimer,
Sentant ce vuide affreux de ma grandeur suprême,
M'arrachant à ma cour & m'évitant moi-même,
J'ai cherché le repos dans ces grands monumens,
D'une ame qui se fuit trompeurs amusemens.
Le repos m'échappoit, je sens que je le trouve;
Je m'étonne en secret du charme que j'éprouve,
Arzace me tient lieu d'un Epoux & d'un fils,
Et de tous mes travaux & du monde soumis,
Que je vous dois d'encens, ô puissance céleste,
Qui me forçant de prendre un joug jadis funeste,
Me préparez au nœud que j'avois abhorré
En m'embrasant d'un feu par vous-même inspiré!

OTANE.

Mais vous avez prévû la douleur & la rage,
Dont va frémir Assur à ce nouvel ouvrage.

Car enfin il se flate, & la commune voix
A fait tomber sur lui l'honneur de votre choix:
Il ne bornera pas son dépit à se plaindre.

SEMIRAMIS.

Je ne l'ai point trompé, je ne veux pas le craindre;
J'ai sû quinze ans entiers, quelque fût son projet,
Le tenir dans le rang de mon premier sujet;
A son ambition, pour moi toujours suspecte,
Je prescrivis quinze ans les bornes qu'il respecte.
Je régnois seule alors, & si ma faible main
Mit à ses vœux hardis ce redoutable frein,
Que pourront désormais sa brigue & son audace
Contre Sémiramis unie avec Arzace?
Oui, je crois que Ninus content de mes remords,
Pour presser cet Hymen quitte le sein des morts.
Sa grande ombre, en effet, déja trop offensée,
Contre Sémiramis seroit trop courroucée;
Elle verroit donner avec trop de douleur,
Sa Couronne & son lit à son empoisonneur;
Du sein de son tombeau voila ce qui l'apelle:
Les oracles d'Ammon s'accordent avec elle;
La vertu d'Oroès ne me fait plus trembler:
Pour entendre mes loix je l'ai fait apeller,
Je l'attends.

OTANE.

Son crédit, son sacré caractère
Peut appuyer le choix que vous prétendez faire.

SEMIRAMIS.

Sa voix achevera de rassurer mon cœur.

OTANE.

Il vient.

SCENE II.

SEMIRAMIS, OROES.

SEMIRAMIS.

De Zoroastre auguste successeur,
Je vais nommer un Roi, vous couronnez sa tête,
Tout est-il préparé pour cette auguste fête?

OROES.

Les Mages & les Grands attendent votre choix;
Je remplis mon devoir & j'obéis aux Rois;
Le soin de les juger n'est point notre partage,
C'est celui des Dieux seuls.

SEMIRAMIS.

A ce sombre langage,
On diroit qu'en secret vous condamnez mes vœux.

OROES.

Je ne les connais pas; puissent-ils être heureux.

SEMIRAMIS.

Mais vous interprétez les volontés célestes.
Ces signes que j'ai vûs me seroient-ils funestes?

 Une

Une ombre, un Dieu peut-être, à mes yeux s'est montré,
Dans le sein de la terre il est soudain rentré.
Quel pouvoir a brisé l'éternelle barrière
Dont le Ciel sépara l'enfer & la lumière?
D'où vient que les humains malgré l'arrêt du sort,
Reviennent à mes yeux du séjour de la mort?

OROE'S.

Du Ciel quand il le faut la justice suprême,
Suspend l'ordre éternel établi par lui-même:
Il permet à la mort d'interrompre ses loix
Pour l'effroi de la terre & l'exemple des Rois.

SEMIRAMIS.

Les oracles d'Ammon veulent un sacrifice.

OROE'S.

Il se fera, Madame.

SEMIRAMIS.

Eternelle justice,
Qui lisez dans mon ame avec des yeux vengeurs,
Ne la remplissez plus de nouvelles horreurs,
De mon premier Hymen oubliez l'infortune!

à Oroès qui s'éloignoit.

Revenez.

OROE'S, *revenant.*

Je croyois ma présence importune.

SEMIRAMIS.

Répondez: ce matin aux pieds de vos autels,
Arzace a présenté des dons aux immortels?

OROES.

Oui, ces dons leur sont chers, Arzace a sû leur plaire.

SEMIRAMIS.

Je le crois; & ce mot me rassure & m'éclaire.
Puis-je d'un sort heureux me reposer sur lui?

OROES.

Arzace de l'Empire est le plus digne appui,
Les Dieux l'ont amené, sa gloire est leur ouvrage.

SEMIRAMIS.

J'accepte avec transport ce fortuné présage,
L'espérance & la paix reviennent me calmer;
Allez; qu'un pur encens recommence à fumer;
De vos Mages, de vous, que la présence auguste,
Sur l'Hymen le plus grand, sur le choix le plus juste,
Attirent de nos Dieux les regards souverains.
Puissent de cet Etat les éternels destins
Reprendre avec les miens une splendeur nouvelle!
Hâtez de ce beau jour la pompe solemnelle,
Allez.

SCENE III.

SEMIRAMIS, OTANE.

SEMIRAMIS.

Ainsi le Ciel est d'accord avec moi;
Je suis son interprète, en choisissant un Roi.

Que

Que je vais l'étonner, par le don d'un Empire!
Qu'il est loin d'espérer ce moment où j'aspire!
Qu'Assur & tous les siens vont être humiliés!
Quand j'aurai dit un mot, la terre est à ses pieds.
Combien à mes bontés il faudra qu'il réponde!
Je l'épouse, & pour dot, je lui donne le monde.
Enfin ma gloire est pure & je puis la goûter.

SCENE IV.

SEMIRAMIS, OTANE, MITRANE.

Un Officier du Palais.

OTANE.

Arzace à vos genoux demande à se jetter,
Daignez à ses douleurs accorder cette grace.

SEMIRAMIS.

Quel chagrin près de moi peut occuper Arzace:
De mes chagrins lui seul a dissipé l'horreur:
Qu'il vienne; il ne sait pas ce qu'il peut sur mon cœur.
Vous dont le sang s'appaise, & dont la voix m'inspire,
O Manes redoutés, & vous Dieux de l'Empire,
Dieux des Assyriens, de Ninus, de mon fils,
Pour le favoriser, soyez tous réunis.
Quel trouble en le voyant m'a soudain pénétrée!

SCENE V.

SEMIRAMIS, ARZACE.

ARZACE.

O Reine, à vous servir ma vie est consacrée;
Je vous devois mon sang, & quand je l'ai versé,
Puisqu'il coula pour vous, je fus récompensé.
Mon pere avoit joui de quelque renommée;
Mes yeux l'ont vû mourir, commandant votre Armée;
Il a laissé, Madame, à son malheureux fils
Des exemples frappans, peut-être mal suivis;
Je n'ose devant vous rapeller la mémoire
Des services d'un pere & de sa faible gloire,
Qu'afin d'obtenir grace à vos sacrés genoux,
Pour un fils téméraire & coupable envers vous,
Qui de ses vœux hardis écoutant l'imprudence,
Craint même en vous servant de vous faire une offense.

SEMIRAMIS.

Vous m'offenser? qui, vous? ah! ne le craignez pas.

ARZACE.

Vous donnez votre main, vous donnez vos Etats.
Sur ces grands intérêts, sur ce choix que vous faites,
Mon cœur doit renfermer ses plaintes indiscretes.
Je dois dans le silence, & le front prosterné,
Attendre avec cent Rois qu'un Roi nous soit donné.

Mais

Mais d'Assur hautement le triomphe s'apprête;
D'un pas audacieux il marche à sa conquête;
Le Peuple nomme Assur, il est de votre sang:
Puisse-t-il mériter & son nom & son rang!
Mais enfin je me sens l'ame trop élevée,
Pour adorer ici la main que j'ai bravée,
Pour me voir écrasé de son orgueil jaloux.
Souffrez que loin de lui, malgré moi, loin de vous,
Je retourne aux climats où je vous ai servie,
J'y suis assez puissant contre sa tyrannie,
Si des bienfaits nouveaux dont j'ose me flater. . .

SEMIRAMIS.

Ah! que m'avez-vous dit? vous, fuir? vous me quitter?
Vous pourriez craindre Assur?

ARZACE.

Non. Ce cœur téméraire
Craint dans le monde entier votre seule colère.
Peut-être avez-vous sû mes desirs orgueilleux,
Votre indignation peut confondre mes vœux,
Je tremble.

SEMIRAMIS.

Espérez tout; je vous ferai connaître,
Qu'Assur en aucun tems ne sera votre maître.

ARZACE.

Eh bien! je l'avouerai, mes yeux avec horreur
De votre Epoux en lui verroient le successeur.
Mais s'il ne peut prétendre à ce grand Hymenée,
Verra-t-on à ses loix Azéma destinée?

Pardonnez à l'excès de ma présomtion,
Ne redoutez-vous point sa sourde ambition?
Jadis à Ninias Azéma fut unie,
C'est dans le même sang qu'Assur puisa la vie,
Je ne suis qu'un sujet, mais j'ose contre lui...

SEMIRAMIS.

Des sujets tels que vous sont mon plus noble appui.
Je sai vos sentimens, votre ame peu commune
Chérit Sémiramis & non pas ma fortune;
Sur mes vrais intérêts vos yeux sont éclairés:
Je vous en fais l'arbitre & vous les soutiendrez.
D'Assur & d'Azéma je romps l'intelligence;
J'ai prévû les dangers d'une telle alliance;
Je sai tous ses projets, ils seront confondus.

ARZACE.

Ah! puisqu'ainsi mes vœux sont par vous entendus,
Puisque vous avez lû dans le fond de mon ame...

AZEMA, *arrive avec précipitation.*

Reine, j'ose à vos pieds.

SEMIRAMIS, *relevant Azéma.*

Rassurez-vous, Madame,
Quelque soit mon Epoux, je vous garde en ces lieux
Un sort & des honneurs dignes de vos ayeux;
Destinée à mon fils vous m'êtes toujours chere,
Et je vous vois encore avec des yeux de mere.
Placez-vous l'un & l'autre avec ceux que ma voix
A nommés pour témoins de mon auguste choix;

à Arzace.

Que l'appui de l'Etat se range auprès du Thrône.

SCENE

SCENE VI.

Le cabinet où étoit Sémiramis fait place à un grand salon magnifiquement orné. Plusieurs Officiers avec les marques de leurs dignités sont sur des gradins. Un Thrône est placé au milieu du salon. Les Satrapes sont auprès du Thrône. Le Grand-Prêtre entre avec les Mages. Il se place debout entre Assur & Arzace. La Reine est au milieu avec Azéma & ses femmes. Des Gardes occupent le fond du salon.

OROES.

Princes, Mages, Guerriers, soutiens de Babylone,
Par l'ordre de la Reine en ces lieux rassemblés,
Les décrets de nos Dieux vous seront révélés:
Ils veillent sur l'Empire, & voici la journée
Qu'à de grands changemens ils avoient destinée.
Quelque soit le Monarque & quelque soit l'Epoux,
Que la Reine ait choisi pour l'élever sur nous,
C'est à nous d'obéir... J'apporte au nom des Mages
Ce que je dois aux Rois; des vœux & des hommages,
Des souhaits pour leur gloire, & surtout pour l'Etat.
Puissent ces jours nouveaux de grandeur & d'éclat
N'être jamais changés en des jours de ténebres:
Ni ces chants d'allégresse en des plaintes funebres.

AZEMA.

Pontife, & vous Seigneurs, on va nommer un Roi:
Ce grand choix, tel qu'il soit, peut n'offenser que moi.
Mais je naquis sujette, & je le suis encore;
Je m'abandonne aux soins dont la Reine m'honore,

Et

Et ſans oſer prévoir un ſiniſtre avenir,
Je donne à ſes ſujets l'exemple d'obéir.

ASSUR.

Quoiqu'il puiſſe arriver, quoique le Ciel décide,
Que le bien de l'Etat à ce grand jour préſide.
Jurons tous par ce Thrône & par Sémiramis,
D'être à ce choix auguſte aveuglément ſoumis,
D'obéir ſans murmure au gré de ſa juſtice.

ARZACE.

Je le jure; & ce bras armé pour ſon ſervice,
Ce cœur à qui ſa voix commande après les Dieux,
Ce ſang dans les combats répandu ſous ſes yeux,
Sont à mon nouveau Maître, avec le même zèle
Qui ſans ſe démentir les anima pour elle.

LE GRAND-PRETRE.

De la Reine & des Dieux j'attends les volontés.

SEMIRAMIS.

Il ſuffit, prenez place, & vous peuple, écoutez:

(Elle s'aſſied ſur le Thrône.)

Azéma, Aſſur, le Grand-Prêtre, Arzace prennent leurs places: elle continue:

Si la terre, quinze ans de ma gloire occupée,
Révéra dans ma main le ſceptre avec l'épée,
Dans cette même main qu'un uſage jaloux
Deſtinoit au fuſeau ſous les loix d'un Epoux;
Si j'ai, de mes ſujets ſurpaſſant l'eſpérance,
De cet Empire heureux porté le poids immenſe:

Je vais

Je vais le partager pour le mieux maintenir,
Pour étendre sa gloire aux siecles à venir,
Pour obéir aux Dieux, dont l'ordre irrévocable
Fléchit ce cœur altier si long-tems indomptable.
Ils m'ont ôté mon fils; puissent-ils m'en donner
Qui, dignes de me suivre & de vous gouverner,
Marchant dans les sentiers que fraya mon courage,
Des grandeurs de mon Regne éternisent l'ouvrage!
J'ai pû choisir, sans doute entre des souverains,
Mais ceux dont les Etats entourent mes confins;
Ou sont mes ennemis, ou sont mes tributaires;
Mon Sceptre n'est point fait pour leurs mains étrangères,
Et mes premiers sujets sont plus grands à mes yeux;
Que tous ces Rois vaincus par moi-même ou par eux.
Bélus naquit sujet; s'il eût le Diadême,
Il le dût à ce Peuple, il le dût à lui-même:
J'ai par les mêmes droits le Sceptre que je tiens
Maîtresse d'un Etat plus vaste que les siens,
J'ai rangé sous vos loix vingt peuples de l'aurore,
Qu'au siécle de Bélus on ignoroit encore.
Tout ce qu'il entreprit, je le sus achever.
Ce qui fonde un Etat le peut seul conserver.
Il vous faut un héros digne d'un tel Empire,
Digne de tels sujets, & si j'ose le dire,
Digne de cette main qui va le couronner,
Et du cœur indompté que je vais lui donner.
J'ai consulté les loix, les maîtres du tonnerre,
L'intérêt de l'Etat, l'intérêt de la terre;

Je fais le bien du monde en nommant un Epoux.
Adorez le héros qui va regner sur vous;
Voyez revivre en lui les Princes de ma race.
Ce Héros, cet Epoux, ce Monarque, est Arzace.

Elle descend du Thrône, & tout le monde se leve.

AZEMA.

Arzace! ô perfidie!

ASSUR.

O vengeance, ô fureurs!

ARZACE *à Azéma.*

Ah! croyez. . . .

OROE'S.

Juste ciel! écartez ces horreurs!

SEMIRAMIS.

Avançant sur la scene, & s'adressant aux Mages.

Vous qui sanctifiez de si pures tendresses,
Venez sur les autels garantir nos promesses,
Ninus & Ninias vous sont rendus en lui.

Le tonnerre gronde, & le tombeau paraît s'ébranler.

Ciel! qu'est-ce que j'entens?

OROE'S.

Dieux! soyez notre appui.

SEMIRAMIS.

Le ciel tonne sur nous, est-ce faveur ou haine?
Grace, Dieux tout-puissans! qu'Arzace me l'obtienne.
Quels funebres accens redoublent mes terreurs!
La tombe s'est ouverte; il paraît. . . Ciel! . . je meurs. . .

L'ombre de Ninus sort de son tombeau.

ASSUR.

ASSUR.

L'ombre de Ninus même, ô Dieux est-il possible!

ARZACE.

Eh bien! qu'ordonnes-tu? parle-nous Dieu terrible.

ASSUR.

Parle.

SEMIRAMIS.

Veux-tu me perdre, ou veux-tu pardonner?
C'est ton Sceptre & ton lit que je viens de donner,
Juge si ce héros est digne de ta place...
Prononce. J'y consens.

L'OMBRE *à Arzace*

Tu regneras, Arzace.
Mais il est des forfaits que tu dois expier.
Dans ma tombe, à ma cendre, il faut sacrifier;
Sers & mon fils & moi, souviens-toi de ton pere,
Ecoute le Pontife.

ARZACE.

Ombre que je révère,
Demi-Dieu dont l'esprit anime ces climats,
Ton aspect m'encourage, & ne m'étonne pas.
Oui, j'irai dans ta tombe au péril de ma vie:
Acheve, que veux-tu que ma main sacrifie!

L'ombre retourne de son estrade à la porte du tombeau.

Il s'éloigne, il nous fuit.

SEMIRAMIS.

Ombre de mon Epoux,
Permets qu'en ce tombeau j'embraſſe tes genoux,
Que mes regrets. . . . .

L'OMBRE *à la porte du tombeau.*

Arrête, & reſpecte ma cendre,
Quand il en ſera tems, je t'y ferai deſcendre.

Le ſpectre rentre, & le mauzolée ſe referme.

ASSUR.

Quel horrible prodige!

SEMIRAMIS.

O Peuples ſuivez-moi,
Venez tous dans ce temple, & calmez votre effroi,
Les manes de Ninus ne ſont point implacables:
S'ils protegent Arzace, ils me ſont favorables;
C'eſt le ciel qui m'inſpire, & qui vous donne un Roi:
Venez tous l'implorer pour Arzace & pour moi.

Fin du troiſiéme Acte.

ACTE

ACTE IV.

Le théâtre représente le vestibule du temple.

SCENE I.

ARZACE, AZEMA.

ARZACE.

N'irritez point mes maux, ils m'accablent assez.
Cet oracle est affreux plus que vous ne pensez.
Des prodiges sans nombre étonnent la nature,
Le Ciel m'a tout ravi, je vous perds.

AZEMA.

Ah! parjure,
Va, cesse d'ajouter aux horreurs de ce jour
L'indigne souvenir de ton perfide amour.
Je ne combattrai point la main qui te couronne,
Les morts qui t'ont parlé, ton cœur qui m'abandonne;
Des prodiges nouveaux qui me glacent d'effroi,
Ta barbare inconstance est le plus grand pour moi.
Achevé, rends Ninus à ton crime propice,
Commence ici par moi ton affreux sacrifice:
Frappe ingrat.

 ARZACE.

ARZACE.

C'en eſt trop, mon cœur déſeſpéré
Contre ces derniers traits n'étoit point préparé.
Vous voyez trop, cruelle, à ma douleur profonde,
Si ce cœur vous préfere à l'Empire du monde;
Ces victoires, ce nom, dont j'étois ſi jaloux,
Vous en étiez l'objet; j'avois tout fait pour vous.
Et mon ambition au comble parvenue,
Juſqu'à vous mériter avoit porté ſa vûe.
Sémiramis m'eſt chere; oui, je dois l'avouer,
Votre bouche avec moi conſpire à la louer;
Nos yeux la regardoient comme un Dieu tutélaire
Qui de nos chaſtes feux protégeoit le miſtère.
C'eſt avec cette ardeur & ces vœux épurés,
Que peut-être les Dieux veulent être adorés.
Jugez de ma ſurpriſe au chóix qu'a fait la Reine:
Jugez du précipice où ce choix nous entraîne;
Apprenez tout mon ſort.

AZEMA.

Je le ſais.

ARZACE.

Apprenez
Que l'Empire ni vous ne me ſont deſtinés;
Ce fils qu'il faut ſervir, ce fils de Ninus même,
Cet unique héritier de la grandeur ſuprême. . .

AZEMA.

Eh bien?

ARZACE.

ARZACE.

Ce Ninias qui presque en ſon berceau,
De l'Hymen avec vous alluma le flambeau,
Qui naquit à la fois mon rival & mon maître. . .

AZEMA.

Ninias!

ARZACE.

Il reſpire, il vient, il va paraître.

AZEMA.

Ninias, juſte Ciel! eh quoi, Sémiramis!

ARZACE.

Juſqu'à ce jour trompée elle a pleuré ſon fils.

AZEMA.

Ninias eſt vivant!

ARZACE.

C'eſt un ſecret encore
Renfermé dans le temple & que la Reine ignore.

AZEMA.

Mais Ninus te couronne & ſa veuve eſt à toi.

ARZACE.

Mais ſon fils eſt à vous; mais ſon fils eſt mon Roi;
Mais je dois le ſervir. Quel oracle funeſte!

AZEMA.

L'amour parle; il ſuffit; que m'importe le reſte?
Ses ordres plus certains n'ont point d'obſcurité;
Voila mon ſeul oracle, il doit être écouté.
Ninias eſt vivant! eh bien, qu'il reparaiſſe;
Que ſa mere à mes yeux atteſtant ſa promeſſe,

Que ſon pere avec lui rapelé du tombeau
Rejoignent ces liens formés dans mon berceau;
Que Ninias mon Roi, ton rival & ton Maître,
Ait pour moi tout l'amour que tu me dois peut-être;
Viens voir tout cet amour devant toi confondu,
Vois fouler à mes pieds le Sceptre qui m'eſt dû.
Où donc eſt Ninias? quel ſecret, quel miſtère
Le dérobe à ma vûe & le cache à ſa mere?
Qu'il revienne en un mot; lui, ni Sémiramis,
Ni ces Manes ſacrés que l'enfer a vomis,
Ni le renverſement de toute la nature,
Ne pourront de mon ame arracher un parjure.
Arzace, c'eſt à toi de te bien conſulter;
Vois ſi ton cœur m'égale & s'il m'oſe imiter.
Quels ſont donc ces forfaits que l'enfer en furie,
Que l'ombre de Ninus ordonnent qu'on expie?
Cruel! ſi tu trahis un ſi ſacré lien,
Je ne connais ici de crimes que le tien.
Je vois de tes deſtins le fatal interprète,
Pour te dicter leurs loix ſortir de ſa retraite;
Le malheureux amour dont tu trahis la foi,
N'eſt point fait pour paraître entre les Dieux & toi.
Va recevoir l'arrêt dont Ninus nous menace,
Ton ſort dépend des Dieux, le mien dépend d'Arzace.

Elle ſort.

ARZACE.

Arzace eſt à vous ſeule. Ah! cruelle, arrêtez,
Quel mélange d'horreurs & de félicités?
Quels étonnans deſtins l'un à l'autre contraires?...

SCENE

SCENE II.

ARZACE, OROE'S, *suivi des Mages.*

OROE'S, *à Arzace.*

Venez, retirons-nous vers ces lieux solitaires,
Je vois quel trouble affreux a dû vous pénétrer;
A de plus grands assauts il faut vous préparer.

Aux Mages.

Apportez ce bandeau d'un Roi que je revère,
Prenez ce fer sacré, cette lettre.

Les Mages vont chercher ce que le Grand-Prêtre demande.

ARZACE.

O mon pere!
Tirez-moi de l'abîme où mes pas sont plongés,
Levez le voile affreux dont mes yeux sont chargés.

OROE'S.

Le voile va tomber, mon fils, & voici l'heure
Où dans sa redoutable & profonde demeure,
Ninus attend de vous pour appaiser ses cris,
L'offrande réservée à ses Manes trahis.

ARZACE.

Quel ordre, quelle offrande! & qu'est-ce qu'il désire?
Qui. Moi! venger Ninus, & Ninias respire!
Qu'il vienne, il est mon Roi, mon bras va le servir.

OROE'S.

Son pere a commandé, ne sachez qu'obéïr.

Dans une heure à sa tombe, Arzace, il faut vous rendre,

Il donne le Diadême & l'épée à Ninias.

Armé du fer sacré que vos mains doivent prendre;
Ceint du même bandeau que son front a porté,
Et que vous-même ici vous m'avez présenté.

ARZACE.

Du bandeau de Ninus?

OROE'S.

Ses Manes le commandent:
C'est dans cet appareil, c'est ainsi qu'ils attendent
Ce sang qui devant eux doit être offert par vous.
Ne songez qu'à frapper, à servir leur couroux;
La victime y sera; c'est assez vous instruire.
Reposez-vous sur eux du soin de la conduire.

ARZACE.

S'il demande mon sang, disposez de ce bras.
Mais vous ne parlez point, Seigneur, de Ninias:
Vous ne me dites point comment son pere même
Me donneroit sa femme avec son Diadême?

OROE'S.

Sa femme, vous! la Reine! ô Ciel, Sémiramis!
Eh bien, voici l'instant que je vous ai promis,
Connaissez vos destins & cette femme impie.

ARZACE.

Grands Dieux!

OROE'S.

De son Epoux elle a tranché la vie.

ARZACE.

ARZACE.

Elle! la Reine!

OROE'S.

Assur, l'opprobre de son nom,
Le détestable Assur a donné le poison.

ARZACE, *après un peu de silence.*

Ce crime dans Assur n'a rien qui me surprenne:
Mais croirai-je en effet qu'une Epouse, une Reine
L'amour des Nations, l'honneur des Souverains,
D'un attentat si noir ait pu souiller ses mains?
A-t-on tant de vertus après un si grand crime?

OROE'S.

Ce doute, cher Arzace, est d'un cœur magnanime;
Mais ce n'est plus le tems de rien dissimuler:
Chaque instant de ce jour est fait pour révéler
Les effrayans secrets dont frémit la nature;
Elle vous parle ici; vous sentez son murmure;
Votre cœur, malgré vous, gémit épouvanté.
Ne soyez plus surpris si Ninus irrité
Est monté de la terre à ces voutes impies:
Il vient briser des nœuds tissus par les furies,
Il vient montrer au jour des crimes impunis,
Des horreurs de l'inceste il vient sauver son fils;
Il parle, il vous attend, connaissez votre pere;
Vous êtes Ninias; la Reine est votre mere.

ARZACE.

De tous ces coups mortels, en un moment frappé,

Dans

Dans la nuit du trépas je reſte enveloppé:
Moi, ſon fils? moi?

OROE'S.

Vous-même: en doutez-vous encore?
Apprenez que Ninus, à ſa derniere aurore,
Sût qu'un poiſon mortel en terminoit le cours,
Et que le même crime attentoit ſur vos jours,
Qu'il attaquoit en vous les ſources de la vie,
Vous arracha mourant à cette Cour impie,
Aſſur comblant ſur vous ſes crimes inouis,
Pour épouſer la mere empoiſonna le fils:
Il crut que de ſes Rois exterminant la race,
Le Thrône étoit ouvert à ſa perfide audace;
Et lorsque le Palais déploroit votre mort,
Le fidele Phradate eut ſoin de votre ſort.
Ces végétaux puiſſants, qu'en Perſe on voit éclore,
Bienfaits nés dans ſes champs de l'aſtre qu'elle adore,
Par les ſoins de Phradate, avec art préparés,
Firent ſortir la mort de vos flancs déchirés;
De ſon fils qu'il perdit, il vous donna la place;
Vous ne fûtes connu que ſous le nom d'Arzace;
Il attendoit le jour d'un heureux changement;
Dieu qui juge les Rois en ordonne autrement.
La vérité terrible eſt du Ciel deſcendue,
Et du ſein des tombeaux la vengeance eſt venue.

ARZACE.

Dieu, maître des deſtins, ſuis-je aſſez éprouvé?

Vous

Vous me rendez la mort dont vous m'avez ſauvé.
Eh bien Sémiramis . . . ouï, je reçus la vie
Dans le ſein des grandeurs & de l'ignominie.
Ma mere . . . ô Ciel! Ninus! ah! quel aveu cruel!
Mais ſi le traître Aſſur étoit ſeul criminel,
S'il ſe pouvoit. . .

OROES *prenant la lettre & la lui donnant.*

Voici ces ſacrés caractères,
Ces garans trop certains de ces cruels miſtères;
Le monument du crime eſt ici ſous vos yeux:
Douterez-vous encor?

ARZACE.

Que ne le puis-je, ô Dieux!
Donnez, je n'aurai plus de doute qui me flatte,
Donnez.

(Il lit.)

Ninus mourant, au fidele Phradate.
Je meurs empoiſonné prenez ſoin de mon fils:
Arrachez Ninias à des bras ennemis;
Ma criminelle Epouſe. . .

OROES.

En faut-il davantage?
C'eſt de vous que je tiens cet affreux témoignage;
Ninus n'acheva point; l'approche de la mort
Glaça ſa faible main qui traçoit votre ſort:
Phradate en cet écrit vous apprend tout le reſte;
Liſez, il vous confirme un ſecret ſi funeſte.

Il ſuffit;

Il ſuffit; Ninus parle, il arme votre bras,
De ſa tombe à ſon Thrône il va guider vos pas,
Il veut du ſang.

ARZACE, *après avoir lû.*

O jour trop fécond en miracles!
Enfer, qui m'as parlé, tes funeſtes oracles
Sont plus obſcurs encor à mon eſprit troublé,
Que le ſein de la tombe où je ſuis apelé.
Au ſacrificateur on cache la victime,
Je tremble ſur le choix.

OROES.

Tremblez, mais ſur le crime.
Allez, dans les horreurs dont vous êtes troublé,
Le Ciel vous conduira, comme il vous a parlé.
Ne vous regardez plus comme un homme ordinaire;
Des éternels décrets ſacré dépoſitaire,
Marqué du ſceau des Dieux, ſéparé des Humains,
Avancez dans la nuit qui couvre vos deſtins.
Mortel, faible inſtrument des Dieux de vos Ancêtres,
Vous n'avez pas le droit d'interroger vos Maîtres;
A la mort échappé, malheureux Ninias,
Adorez, rendez grace & ne murmurez pas.

SCENE

SCENE III.

ARZACE, MITRANE.

ARZACE.

Non, je ne reviens point de cet état horrible;
Sémiramis! ma mere! ô ciel est-il possible!

MITRANE, *arrivant.*

Babylone, Seigneur, en ce commun effroi,
Ne peut se rassurer qu'en revoyant son Roi;
Souffrez que le premier je vienne reconnaître,
Et l'Epoux de la Reine & mon auguste Maître.
Sémiramis vous cherche, elle vient sur mes pas;
Je bénis ce moment qui la met dans vos bras.
Vous ne répondez point. Un désespoir farouche
Fixe vos yeux troublés & vous ferme la bouche,
Vous palissez d'effroi, tout votre corps frémit.
Qu'est-ce qui s'est passé? qu'est-ce qu'on vous a dit?

ARZACE.

Fuyons vers Azéma?

MITRANE.

Quel étonnant langage?
Seigneur, est-ce bien vous? faites-vous cet outrage
Aux bontés de la Reine, à ses feux, à son choix,
A ce cœur qui pour vous dédaigna tant de Rois?
Son espérance en vous est-elle confondue?

ARZACE.

ARZACE.

Dieux! c'est Sémiramis, qui se montre à ma vûe!
O tombe de Ninus, ô séjour des enfers,
Cachez son crime & moi dans vos goufres ouverts.

SCENE IV.

SEMIRAMIS, ARSACE.

SEMIRAMIS.

On n'attend plus que vous; venez Maître du monde;
Son sort, comme le mien, sur mon Hymen se fonde;
Je vois avec transport ce signe révéré,
Qu'a mis sur votre front un Pontife inspiré,
Ce sacré Diadème, assuré témoignage
Que l'enfer & le Ciel confirment mon suffrage.
Tout le parti d'Assur frappé d'un saint respect,
Tombe à la voix des Dieux, & tremble à mon aspect;
Ninus veut une offrande, il en est plus propice:
Pour hâter mon bonheur, hâtez ce sacrifice.
Tous les cœurs sont à nous, tout le Peuple applaudit;
Vous regnez, je vous aime, Assur en vain frémit.

ARZACE, *hors de lui.*

Assur! allons... il faut dans le sang du perfide...
Dans cet infame sang lavons son parricide,
Allons venger Ninus...

SEMIRAMIS.

Qu'entends-je! juste Ciel!
Ninus!

ARZACE, *d'un air égaré.*

Vous m'avez dit que son bras criminel

Revenant à lui.

Avoit . . . que l'insolent s'arme contre sa Reine,
Et n'est-ce pas assez pour mériter ma haine!

SEMIRAMIS.

Commencez la vengeance en recevant ma foi.

ARZACE.

Mon pere!

SEMIRAMIS.

Ah! quels regards vos yeux lancent sur moi?
Arzace, est-ce donc là ce cœur soumis & tendre
Qu'en vous donnant ma main j'ai cru devoir attendre?
Je ne m'étonne point que ce prodige affreux,
Que les morts déchaînés du séjour ténébreux,
De la terreur en vous laissent encor la trace;
Mais j'en suis moins troublée en revoyant Arzace.
Ah! ne répandez pas cette funeste nuit
Sur ces premiers momens du beau jour qui me luit.
Soyez tel qu'à mes pieds je vous ai vû paraître,
Lorsque vous redoutiez d'avoir Assur pour Maître;
Ne craignez point Ninus & son ombre en couroux.
Arzace, mon apui, mon secours, mon Epoux;
Cher Prince. . .

ARZACE, *se détournant.*

C'en est trop, le crime m'environne...

Arrêtez.

SEMIRAMIS.

A quel trouble, hélas! il s'abandonne,
Quand lui seul à la paix a pû me rapeler!

ARZACE.

Sémiramis...

SEMIRAMIS.

Eh bien?

ARZACE.

Je ne puis lui parler.
Fuyez moi pour jamais, ou m'arrachez la vie.

SEMIRAMIS.

Quels transports! quels discours! qui, moi, que je vous fuie?
Eclaircissez ce trouble insupportable, affreux,
Qui passe dans mon ame, & fait deux malheureux.
Les traits du désespoir sont sur votre visage,
De moment en moment vous glacez mon courage,
Et vos yeux allarmés me causent plus d'effroi
Que le Ciel & les morts soulevés contre moi.
Je tremble en vous offrant ce sacré Diadème;
Ma bouche en frémissant prononce je vous aime;
D'un pouvoir inconnu l'invincible ascendant
M'entraîne ici vers vous, m'en repousse à l'instant;
Et par un sentiment que je ne peux comprendre,
Mêle une horreur affreuse à l'amour le plus tendre.

ARZACE.

Haïssez-moi.

SEMIRAMIS.

Cruel, non tu ne le veux pas.
Mon cœur suivra ton cœur, mes pas suivront tes pas.
Quel est donc ce billet, que tes yeux pleins d'allarmes
Lisent avec horreur, & trempent de leurs larmes?
Contient-il les raisons de tes refus affreux?

ARZACE.

Oui.

SEMIRAMIS.

Donne.

ARZACE.

Ah! je ne puis... osez-vous?...

SEMIRAMIS.

Je le veux.

ARZACE.

Laissez-moi cet écrit horrible & nécessaire...

SEMIRAMIS.

D'où le tiens-tu?

ARZACE.

Des Dieux.

SEMIRAMIS.

Qui l'écrivit?

ARZACE.

Mon pere...

SEMIRAMIS.

Que me dis-tu?

ARZACE.

Tremblez.

SEMIRAMIS.

Donne, apprend-moi mon sort.

ARZACE.

Cessez... A chaque mot vous trouveriez la mort.

SEMIRAMIS.

N'importe. Eclaircissez ce doute qui m'accable:
Ne me résistez plus, ou je vous crois coupable.

ARZACE.

Dieux! qui conduisez tout, c'est vous qui m'y forcez!

SEMIRAMIS *prenant le billet.*

Pour la derniere fois, Arzace, obéissez.

ARZACE.

Eh bien, que ce billet soit donc le seul supplice
Qu'à son crime, grand Dieu, réserve ta justice!

Sémiramis lit.

Vous allez trop savoir, c'en est fait.

SEMIRAMIS *à Otane.*

Qu'ai-je lû?
Soutiens-moi, je me meurs...

ARZACE.

Hélas! tout est connu!

SEMIRAMIS *revenant à elle après un long silence.*

Eh bien, ne tarde plus, rempli ta destinée;
Puni cette coupable & cette infortunée,

Etoufe

Etoufe dans mon ſang mes déteſtables feux.
La nature trompée eſt horrible à tous deux;
Venge tous mes forfaits, venge la mort d'un pere,
Reconnais-moi mon fils, frappe, & puni ta mere.

ARZACE.

Que ce glaive plutôt épuiſe ici mon flanc
De ce ſang malheureux formé de votre ſang:
Qu'il perce de vos mains ce cœur qui vous révère,
Et qui porte d'un fils le ſacré caractère.

SEMIRAMIS *ſe jettant à genoux.*

Ah! je fus ſans pitié, ſois barbare à ton tour,
Sois le fils de Ninus en m'arrachant le jour;
Frappe. Mais quoi! tes pleurs ſe mêlent à mes larmes!
O Ninias! ô jour plein d'horreurs & de charmes! . . .
Avant de me donner la mort que tu me dois,
De la nature encor laiſſe parler la voix;
Souffre au moins que les pleurs de ta coupable mere
Arroſent une main ſi fatale & ſi chere.

ARZACE, NINIAS.

Ah! je ſuis votre fils, & ce n'eſt pas à vous,
Quoi que vous ayez fait, d'embraſſer mes genoux.
Ninias vous implore, il vous aime, il vous jure
Les plus profonds reſpects & l'amour la plus pure.
C'eſt un nouveau ſujet, plus cher & plus ſoumis;
Le Ciel eſt appaiſé, puiſqu'il vous rend un fils:
Livrez l'infame Aſſur au Dieu qui vous pardonne.

SEMIRAMIS.

Reçois pour te venger mon Sceptre, ma Couronne;
Je les ai trop souillés.

ARZACE.

Je veux tout ignorer,
Je veux avec l'Asie encor vous admirer.

SEMIRAMIS.

Non, mon crime est trop grand.

ARZACE.

Le repentir l'efface.

SEMIRAMIS.

Ninus t'a commandé de regner en ma place;
Crains ses Manes vengeurs.

ARZACE.

Ils seront attendris
Des remords d'une mere & des larmes d'un fils.
Otane au nom des Dieux ayez soin de ma mere,
Et cachez comme moi cet horrible mistère.

Fin du quatriéme Acte.

ACTE

* *

ACTE V.

SCENE I.

SEMIRAMIS, OTANE.

OTANE.

Songez qu'un Dieu propice a voulu prévenir
Cet effroiable Hymen dont je vous vois frémir;
La nature étonnée à ce danger funeste,
En vous rendant un fils, vous arrache à l'inceste.
Des oracles d'Ammon les ordres absolus,
Les infernales voix, les Manes de Ninus,
Vous disoient que le jour d'un nouvel Hymenée
Finiroit les horreurs de votre destinée:
Mais ils ne disoient pas qu'il dut être accompli;
L'Hymen s'est préparé, votre sort est rempli;
Ninias vous revère, un secret sacrifice
Va contenter des Dieux la facile justice:
Ce jour si redouté fera votre bonheur.

SEMIRAMIS.

Ah! le bonheur, Otane, est-il fait pour mon cœur?
Mon fils s'est attendri; je me flatte, j'espere
Qu'en ces premiers momens la douleur d'une mere

Parle plus hautement à ses sens opressés,
Que le sang de Ninus & mes crimes passés.
Mais peut-être bientôt, moins tendre & plus sévère,
Il ne se souviendra que du meurtre d'un père.

OTANE.

Que craignez-vous d'un fils? quel noir pressentiment?

SEMIRAMIS.

La crainte suit le crime, & c'est son châtiment.
Le détestable Assur sait-il ce qui se passe?
N'a-t-on rien attenté? Sait-on quel est Arzace?

OTANE.

Non; ce secret terrible est de tous ignoré;
De l'ombre de Ninus l'oracle est adoré:
Les esprits consternés ne peuvent le comprendre;
Comment servir son fils! pourquoi venger sa cendre?
On l'ignore, on se tait. On attend ces momens,
Où fermé sans réserve au reste des vivans,
Ce lieu saint doit s'ouvrir pour finir tant d'allarmes:
Le Peuple est aux autels, vos soldats sont en armes;
Azéma, pâle, errante, & la mort dans les yeux,
Veille autour du tombeau, leve les mains aux cieux:
Ninias est au temple, & d'une ame éperdue
Se prépare à frapper sa victime inconnue:
Dans ses sombres fureurs Assur enveloppé,
Rassemble les débris d'un parti dissipé;
Je ne sai quels projets il peut former encore.

SEMI-

SEMIRAMIS.

Ah! c'eſt trop ménager un traître que j'abhorre;
Qu'Aſſur chargé de fers en vos mains ſoit remis;
Otane, allez livrer le coupable à mon fils.
Mon fils appaiſera l'éternelle juſtice,
En répandant, du moins, le ſang de mon complice.
Qu'il meure, qu'Azéma rendue à Ninias,
Du crime de mon Regne épure ces climats.
Tu vois ce cœur, Ninus, il doit te ſatisfaire:
Tu vois du moins en moi des entrailles de mere.
Ah! qui vient dans ces lieux à pas précipités?
Que tout rend la terreur à mes ſens agités!

SCENE II.

SEMIRAMIS, AZEMA, OTANE.

AZEMA.

Madame, pardonnez ſi ſans être apellée,
De mortelles frayeurs trop juſtement troublée,
Je viens avec transport embraſſer vos genoux.

SEMIRAMIS.

Ah! Princeſſe parlez, que me demandez-vous?

AZEMA.

D'arracher un héros au coup qui le menace;
De prévenir le crime & de ſauver Arzace.

SEMIRAMIS.

Arzaçe? lui? quel crime?

AZEMA.

Il devient votre Epoux,
Il me trahit, n'importe, il doit vivre pour vous.

SEMIRAMIS.

Lui mon Epoux? grands Dieux!

AZEMA.

Quoi l'Hymen qui vous lie...

SEMIRAMIS.

Cet Hymen est affreux, abominable, impie;
Arzace? il est... parlez; je frissonne, achevez:
Quels dangers! hâtez-vous...

AZEMA.

Madame vous savez
Que peut-être au moment que ma voix vous implore,

SEMIRAMIS.

Eh bien?

AZEMA.

Ce demi-Dieu que je redoute encore,
D'un secret sacrifice en doit être honoré;
Au fond du labyrinthe à Ninus consacré.
J'ignore quels forfaits il faut qu'Arsace expie.

SEMIRAMIS.

Quels forfaits, juste Dieu!

AZEMA.

Cet Assur, cet impie

Va

Va violer la tombe où nul n'eſt introduit.

SEMIRAMIS.

Qui? lui!

AZEMA.

Dans les horreurs de la profonde nuit,
Des ſouterrains ſecrets, où ſa fureur habile
A tout événement ſe creuſoit un aſile,
Ont ſervi les deſſeins de ce monſtre odieux;
Il vient braver les morts, il vient braver les Dieux:
D'une main ſacrilège aux forfaits enhardie,
Du généreux Arzace il va trancher la vie.

SEMIRAMIS.

O Ciel! qui vous l'a dit? comment, par quel détour?

AZEMA.

Fiez-vous à mon cœur éclairé par l'amour;
J'ai vû du traître Aſſur la haine envenimée,
Sa faction tremblante & par lui ranimée,
Ses amis raſſemblés qu'a ſéduits ſa fureur:
De ſes deſſeins ſecrets j'ai démêlé l'horreur;
J'ai feint de réunir nos cauſes mutuelles;
Je l'ai fait épier par des regards fidelles:
Il ne commet qu'à lui ce meurtre déteſté;
Il marche au ſacrilége avec impunité:
Sûr que dans ce lieu ſaint nul n'oſera paraître,
Que l'accès en eſt même interdit au grand-prêtre,
Il y vole: & le bruit par ſes ſoins ſe répand
Qu'Arzace eſt la victime, & que la mort l'attend:

Que

Que Ninus dans son sang doit laver son injure.
On parle au Peuple, aux Grands, on s'assemble, on murmure;
Je crains Ninus, Assur, & le Ciel en courroux.

SEMIRAMIS.

Eh bien chere Azéma, ce Ciel parle par vous;
Il me suffit. Je voi ce qui me reste à faire.
On peut s'en reposer sur le cœur d'une mere,
Ma fille. Nos destins à la fois sont remplis:
Défendez votre Epoux, je vais sauver mon fils.

AZEMA.

Ciel?

SEMIRAMIS.

Prête à l'épouser, les Dieux m'ont éclairée;
Ils inspirent encore une mere éplorée;
Mais les momens sont chers. Laissez-moi dans ces lieux:
Ordonnez en mon nom que les prêtres des Dieux,
Que les Chefs de l'Etat viennent ici se rendre.

Azéma passe dans le vestibule du temple; Sémiramis, de l'autre côté, s'avance vers le Mauzolée.

Ombre de mon Epoux! je vais venger ta cendre.
Voici l'instant fatal où ta voix m'a promis
Que l'accès de ta tombe alloit m'être permis;
J'obéirai; mes mains qui guidoient des Armées,
Pour secourir mon fils à ta voix sont armées.
Venez, Gardes du Thrône, accourez à ma voix,
D'Arzace désormais reconnaissez les loix:
Arzace est votre Roi, vous n'avez plus de Reine;
Je dépose en ses mains la grandeur souveraine:

Soyez

Soyez ses défenseurs ainsi que ses sujets.
Allez.

Les Gardes se rangent au fond de la scene.

Dieux tout-puissans, secondez mes projets.

Elle entre dans le tombeau.

SCENE III.

AZEMA

revenant de la porte du temple sur le devant de la scene.

Que méditoit la Reine, & quel dessein l'anime?
A-t-elle encor le tems de prévenir le crime!
O prodige, ô destin que je ne conçois pas!
Moment cher & terrible, Arzace! Ninias!
Arbitres des humains, puissances que j'adore,
Me l'avez-vous rendu pour le ravir encore?

SCENE IV.

AZEMA, ARZACE, ou NINIAS.

AZEMA.

Ah! cher Prince, arrêtez. Ninias est-ce vous?
Vous le fils de Ninus, mon Maître & mon Epoux!

NINIAS.

Ah! vous me revoyez confus de me connaître.
Je suis du sang des Dieux, & je frémis d'en être.

Ecartez

Ecartez ces horreurs qui m'ont environné;
Fortifiez ce cœur au trouble abandonné;
Encouragez ce bras prêt à venger un pere.

AZEMA.

Gardez-vous de remplir cet affreux ministère.

NINIAS.

Je dois un sacrifice, il le faut, j'obéis.

AZEMA.

Non. Ninus ne veut pas qu'on immole son fils.

NINIAS.

Comment?

AZEMA.

Vous n'irez point dans ce lieu redoutable;
Un traître y tend pour vous un piége inévitable.

NINIAS.

Qui peut me retenir, & qui peut m'effrayer?

AZEMA.

C'est vous que dans la tombe on va sacrifier;
Assur, l'indigne Assur a, d'un pas sacrilége,
Violé du tombeau le divin privilége:
Il vous attend:

NINIAS.

Grands Dieux! tout est donc éclairci.
Mon cœur est rassuré, la victime est ici.
Mon pere empoisonné par ce monstre perfide,
Demande à haute voix le sang du parricide.
Instruit par le Grand-Prêtre & conduit par le Ciel,
Par Ninus même armé contre le criminel,

Je n'aurai qu'à frapper la victime funeste
Qu'amène à mon courroux la justice céleste.
Je vois trop que ma main dans ce fatal moment
D'un pouvoir invincible est l'aveugle instrument.
Les Dieux seuls ont tout fait; & mon ame étonnée
S'abandonne à la voix qui fait ma destinée.
Je vois que, malgré nous, tous nos pas sont marqués:
Je vois que des enfers ces Manes évoqués
Sur le chemin du Thrône ont semé les miracles:
J'obéis sans rien craindre, & j'en crois les oracles.

AZEMA.

Tout ce qu'ont fait les Dieux ne m'apprend qu'à frémir:
Ils ont aimé Ninus, ils l'ont laissé périr.

NINIAS.

Ils le vengent enfin: étouffez ce murmure.

AZEMA.

Ils choisissent souvent une victime pure,
Le sang de l'innocence a coulé sous leurs coups.

NINIAS.

Puisqu'ils nous ont unis ils combattent pour nous.
Ce sont eux qui parloient par la voix de mon pere:
Ils me rendent un Thrône, une épouse, une mere;
Et couvert à vos yeux du sang du criminel,
Ils vont de ce tombeau me conduire à l'autel.
J'obéis, c'est assez, le Ciel fera le reste.

SCENE

SCENE V.

AZEMA *seule.*

Dieux! veillez sur ses pas dans ce tombeau funeste;
Que voulez-vous! quel sang doit aujourd'hui couler?
Impénétrables Dieux, vous me faites trembler.
Je crains Assur, je crains cette main sanguinaire,
Il peut percer le fils sur la cendre du pere.
Abîmes redoutés dont Ninus est sorti,
Dans vos autres profonds que ce monstre englouti;
Porte au sein des enfers la fureur qui le presse.
Cieux tonnez, cieux lancez la foudre vengeresse.
O son pere! ô Ninus, quoi tu n'as pas permis
Qu'une Epouse éplorée accompagnât ton fils!
Ninus combas pour lui, dans ce lieu de ténèbres.
N'entend-je pas sa voix parmi des cris funèbres?
Dût ce sacré tombeau, profané par mes pas,
Ouvrir pour me punir les goufres du trépas;
J'y descendrai! j'y vole... Ah! quels coups de tonnerre
Ont enflâmé le ciel & font trembler la terre!
Je crains, j'espere . . . il vient.

SCENE

SCENE VI.

NINIAS, *une épée sanglante à la main*, AZEMA.

NINIAS.

Ciel! où suis-je?

AZEMA.

Ah! Seigneur,
Vous êtes teint de sang, pâle, glacé d'horreur.

NINIAS, *d'un air égaré.*

Vous me voyez couvert du sang du parricide.
Au fond de ce tombeau, mon pere étoit mon guide.
J'errois dans les détours de ce grand monument,
Plein de respect, d'horreur & de saisissement;
Il marchoit devant moi: j'ai reconnu la place
Que son ombre en couroux marquoit à mon audace.
Auprès d'une colonne, & loin de la clarté,
Qui suffisoit à peine à ce lieu redouté,
J'ai vû briller le fer dans la main du perfide;
J'ai cru le voir trembler; tout coupable est timide:
J'ai deux fois dans son flanc plongé ce fer vengeur;
Et d'un bras tout sanglant qu'animoit ma fureur,
Déja je le traînois, roulant sur la poussière,
Vers les lieux d'où partoit cette foible lumière.
Mais je vous l'avouerai, ses sanglots redoublés,
Ses cris plaintifs & sourds & mal articulés,

Les Dieux qu'il invoquoit, & le repentir même
Qui sembloit le saisir à son heure suprème;
La sainteté du lieu; la pitié dont la voix,
Alors qu'on est vengé, fait entendre ses loix;
Un sentiment confus, qui même m'épouvante;
M'ont fait abandonner la victime sanglante.
Azéma, quel est donc ce trouble, cet effroi,
Cette invincible horreur qui s'empare de moi?
Mon cœur est pur, ô Dieux! mes mains sont innocentes;
D'un sang proscrit par vous, vous les voyez fumantes:
Quoi j'ai servi le ciel, & je sens des remords!

AZEMA.

Vous avez satisfait la nature & les morts.
Quittons ce lieu terrible, allons vers votre mere,
Calmez à ses genoux ce trouble involontaire;
Et puis qu'Assur n'est plus. . .

SCENE VII.

NINIAS, AZEMA, ASSUR.

Assur paraît dans l'enfoncement avec Otane, & les Gardes de la Reine.

AZEMA.

Ciel! Assur à mes yeux!

ARZACE.

Assur?

AZEMA.

AZEMA.

Accourez tous, miniſtres de nos Dieux,
Miniſtres de nos Rois, défendez votre Maître,

SCENE VIII.

Le Grand-Prêtre OROE'S, *les Mages & le Peuple.* NINIAS, AZEMA, ASSUR *déſarmé*, MITRANE.

OTANE.

Il n'en eſt pas beſoin; j'ai fait ſaiſir le traître,
Lorſque dans ce lieu ſaint il alloit pénétrer.
La Reine l'ordonna, je viens vous le livrer.

NINIAS.

Qu'ai-je fait, & quelle eſt la victime immolée?

OROE'S.

Le Ciel eſt ſatisfait. La vengeance eſt comblée.

En montrant Aſſur.

Peuples de votre Roi voila l'empoiſonneur:

En montrant Ninias.

Peuples, de votre Roi voila le ſucceſſeur.
Je viens vous l'annoncer, je viens le reconnaître,
Revoyez Ninias, & ſervez votre Maître.

ASSUR.

Toi, Ninias?

OROE'S.

Lui-même; un Dieu qui l'a conduit,
Le ſauva de ta rage, & ce Dieu te pourſuit.

ASSUR.

Toi, de Sémiramis tu reçus la naissance!

NINIAS.

Oui; mais pour te punir, j'ai reçu sa puissance.
Allez, délivrez-moi de ce monstre inhumain.
Il ne méritoit pas de tomber sous ma main.
Qu'il meure dans l'opprobre, & non de mon épée;
Et qu'on rende au trépas ma victime échapée.

Sémiramis paraît au pied du tombeau mourante, un Mage qui est à cette porte la relève.

ASSUR.

Va: mon plus grand supplice est de te voir mon Roi;

Appercevant Sémiramis.

Mais je te laisse encor plus malheureux que moi,
Regarde ce tombeau; contemple ton ouvrage.

NINIAS.

Quelle victime, ô Ciel, a donc frappé ma rage!

AZEMA.

Ah! fuyez, cher Epoux!

MITRANE.

Qu'avez-vous fait?

OROE'S, *se mettant entre le tombeau & Ninias.*

Sortez,

Venez purifier vos bras ensanglantés;
Remettez dans mes mains ce glaive trop funeste,
Cet aveugle instrument de la fureur céleste.

NINIAS, *courant vers Sémiramis.*

Ah! cruels, laissez-moi le plonger dans mon cœur.

OROE'S,

OROE'S, *tandis qu'on le désarme.*

Gardez de le laisser à sa propre fureur.

SEMIRAMIS,

qu'on fait avancer & qu'on place sur un fauteuil.

Viens me venger mon fils, un monstre sanguinaire,
Un traître, un sacrilège, assassine ta mere.

NINIAS.

O jour de la terreur! ô crimes inouis!
Ce sacrilège affreux, ce monstre est votre fils.
Au sein qui m'a nourri cette main s'est plongée:
Je vous suis dans la tombe & vous serez vengée.

SEMIRAMIS.

Hélas! j'y descendis pour défendre tes jours.
Ta malheureuse mere alloit à ton secours. . .
J'ai reçu de tes mains la mort qui m'étoit due.

NINIAS.

Ah! c'est le dernier trait à mon ame éperdue;
J'atteste ici les Dieux qui conduisoient mon bras,
Ces Dieux qui m'égaroient. . .

SEMIRAMIS.

Mon fils, n'acheve pas:
Je te pardonne tout si pour grace dernière,
Une si chere main ferme au moins ma paupière.

Il se jette à genoux.

Viens, je te le demande au nom du même sang
Qui t'a donné la vie & qui sort de mon flanc.
Ton cœur n'a pas sur moi conduit ta main cruelle.
Quand Ninus expira j'étois plus criminelle.

J'en suis assez punie; il est donc des forfaits
Que le couroux des Dieux ne pardonne jamais!
Ninias, Azéma, que votre Hymen efface
L'opprobre dont mon crime a souillé votre race;
D'une mere expirante approchez-vous tous deux;
Donnez-moi votre main; vivez, regnez heureux;
Cet espoir me console . . . il mêle quelque joie
Aux horreurs de la mort où mon ame est en proie.
Je la sens . . . elle vient . . . songe à Sémiramis,
Ne hais point sa mémoire: ô mon fils, mon cher fils...
C'en est fait. . .

OROES.

La lumiere à ses yeux est ravie;
Secourez Ninias, prenez soin de sa vie.
Par ce terrible exemple apprenez tous, du moins,
Que les crimes secrets ont les Dieux pour témoins;
Plus le coupable est grand, plus grand est le supplice;
Rois tremblez sur le Thrône & craignez leur justice.

Fin du cinquiéme & dernier Acte.

ELOGE FUNEBRE

DES

OFFICIERS

QUI

SONT MORTS DANS LA GUERRE

DE 1741.

ELOGE FUNEBRE
DES
OFFICIERS
Qui sont morts dans la Guerre de 1741.

Un peuple qui fut l'exemple des nations, qui leur enseigna tous les arts, & même celui de la guerre, le maître des Romains qui ont été nos maîtres, la Grece enfin parmi ses institutions qu'on admire encore, avoit établi l'usage de consacrer par des éloges funèbres la mémoire des citoyens qui avoient répandu leur sang pour la patrie. Coutume digne d'Athènes, digne d'une nation valeureuse & humaine, digne de nous! pourquoi ne la suivrions-nous pas? nous long-tems les heureux rivaux en tant de genres de cette nation respectable. Pourquoi nous renfermer dans l'usage de ne célébrer après leur mort que ceux qui ayant été donnés en spectacle au monde par leur élévation, ont été fatigués d'encens pendant leur vie?

Il est juste sans doute, il importe au genre humain de louer les Titus, les Trajans, les Louis XII, les Henry IV, & ceux qui leur ressemblent. Mais ne rendra-t-on jamais qu'à la dignité ces devoirs si intéressans & si chers quand ils sont rendus à la personne ; si vains quand ils ne sont qu'une partie nécessaire d'une pompe funèbre, quand le cœur n'est point touché, quand la vanité seule de l'orateur parle à la vanité des hommes, & que dans un discours compassé & dans une division forcée, on s'épuise en éloges vagues qui passent avec la fumée des flambeaux funéraires.

Du moins, s'il faut célébrer toujours ceux qui ont été grands, réveillons quelquefois la cendre de ceux qui ont été utiles. Heureux sans doute, (si la voix des vivans peut percer la nuit des tombeaux) heureux le magistrat immortalisé par le même organe, qui avoit fait verser tant de pleurs sur la mort de Marie d'Angleterre, & qui fut digne de célébrer le grand Condé. Mais si la cendre de Michel le Tellier reçut tant d'honneurs, est-il un bon citoyen qui ne demande aujourd'hui, les a-t-on rendus au grand Colbert, à cet homme qui fit naître tant d'abondance en ranimant tant d'industrie, qui porta ses vûes supérieures jusqu'aux extrémités de la terre, qui rendit la France la dominatrice des mers, & à qui nous devons une grandeur & une félicité long-tems inconnue ?

O mémoire ! ô noms du petit nombre d'hommes qui ont bien servi l'Etat ! vivez éternellement : mais surtout ne périssez pas tout entiers, vous Guerriers qui êtes morts pour nous défendre. C'est votre sang qui nous a valû des victoires ; c'est sur vos corps déchirés & palpitans que vos compagnons ont marché à l'ennemi, & qu'ils ont monté à tant de remparts ; c'est à vous que nous devons une paix glorieuse, achetée par votre perte.

Plus la guerre est un fleau épouventable rassemblant sous lui toutes les calamités & tous les crimes, plus grande doit être notre reconnaissance envers ces brâves compatriotes qui ont péri pour nous donner cette paix heureuse,

heureuse, qui doit être l'unique but de la guerre, & le seul objet de l'ambition d'un vrai Monarque.

Faibles & insensés mortels que nous sommes, qui raisonnons tant sur nos devoirs, qui avons tant approfondi notre nature, nos malheurs & nos faiblesses, nous faisons sans cesse retentir nos temples de reproches & de condamnations; nous anathématisons les plus légeres irrégularités de la conduite, les plus secrettes complaisances des cœurs; nous tonnons contre des vices, contre des défauts, condamnables il est vrai, mais qui troublent à peine la société. Cependant quelle voix chargée d'annoncer la vertu s'est jamais élevée contre ce crime si grand & si universel; contre cette rage destructive qui change en bêtes féroces des hommes nés pour vivre en freres; contre ces déprédations atroces; contre ces cruautés qui font de la terre un séjour de brigandage, un horrible & vaste tombeau?

Des bords du Pô jusqu'à ceux du Danube, on bénit de tous côtés au nom du même Dieu ces drapeaux sous lesquels marchent des milliers de meurtriers mercénaires, à qui l'esprit de débauche, de libertinage & de rapine ont fait quitter leurs campagnes; ils vont, & ils changent de maîtres: ils s'exposent à un supplice infâme pour un léger intérêt; le jour du combat vient, & souvent le soldat qui s'étoit rangé n'a gueres sous les enseignes de sa patrie, répand sans remords le sang de ses propres concitoyens; il attend avec avidité le moment où il pourra dans le champ du carnage arracher aux mourans quelques malheureuses dépouilles qui lui sont enlevées par d'autres mains. Tel est trop souvent le soldat: telle est cette multitude aveugle & féroce dont on se sert pour changer la destinée des Empires, & pour élever les monumens de la gloire. Considérés tous ensemble marchant avec ordre sous un grand Capitaine, ils forment le spectacle le plus fier & le plus imposant qui soit dans l'univers.

Pris

Pris chacun à part dans l'enivrement de leurs frénésies brutales, (si on en excepte un petit nombre) c'est la lie des nations.

Tel n'est point l'Officier, idolâtre de son honneur & de celui de son Souverain, bravant de sang froid la mort avec toutes les raisons d'aimer la vie, quittant gaiement les délices de la société pour des fatigues qui font frémir la nature, humain, généreux, compatissant, tandis que la barbarie étincelle de rage partout autour de lui, né pour les douceurs de la société comme pour les dangers de la guerre, aussi poli que fier, orné souvent par la culture des lettres & plus encore par les graces de l'esprit. A ce portrait les nations étrangeres reconnaissent nos Officiers ; elles avouent surtout que lorsque le premier feu trop ardent de leur jeunesse est tempéré par un peu d'expérience, ils se font aimer même de leurs ennemis. Mais si leurs graces & leurs franchises ont adouci quelquefois les esprits les plus barbares, que n'a point fait leur valeur?

Ce sont eux qui ont défendu pendant tant de mois cette Capitale de la Bohême, conquise par leurs mains en si peu de momens ; eux qui attaquoient, qui assiégeoient leurs assiégeans ; eux qui donnoient de longues batailles dans des tranchées ; eux qui bravèrent la faim, les ennemis, la mort, la rigueur inouie des saisons dans cette mémorable marche, moins longue que celle des Grecs de Xénophon, mais non moins pénible & non moins hasardeuse.

On les a vûs sous un Prince aussi vigilant qu'intrépide, précipiter leurs ennemis du haut des Alpes ; victorieux à la fois de tous les obstacles que la nature & l'art & la valeur opposoient à leur courage opiniâtre. Champs de Fontenoi, rivages de l'Escaut & de la Meuse teints de leur sang, c'est dans vos campagnes que leurs efforts ont ramené la victoire aux pieds de ce Roi, que les nations, conju-

conjurées contre lui, auroient dû choisir pour leur arbitre. Que n'ont-ils point exécuté, ces héros, dont la foule est connue à peine ?

Qu'avoient donc au-dessus d'eux ces Centurions & ces Tribuns des Légions Romaines ? en quoi les passoient-ils ? si ce n'est peut-être dans l'amour invariable de la discipline militaire. Les anciens Romains éclipsèrent il est vrai toutes les autres nations de l'Europe, quand la Grece fut amolie & désunie, & quand les autres peuples étoient encore des barbares destitués de bonnes loix, sachant combattre, & ne sachant pas faire la guerre, incapables de se réunir à propos contre l'ennemi commun, privés du commerce, privés de tous les arts, & de toutes les ressources. Aucun peuple n'égale encor les anciens Romains. Mais l'Europe entière vaut aujourd'hui beaucoup mieux que ce peuple vainqueur & législateur ; soit que l'on considère tant de connaissances perfectionnées, tant de nouvelles inventions ; ce commerce immense & habile qui embrasse les deux mondes, tant de villes opulentes, élevées dans des lieux qui n'étoient que des déserts sous les Consuls & sous les Césars ; soit qu'on jette les yeux sur ces Armées nombreuses & disciplinées qui defendent vingt Royaumes policés ; soit qu'on perce cette politique toujours profonde, toujours agissante, qui tient la balance entre tant de nations. Enfin la jalousie même qui regne entre les peuples modernes, qui excite leur génie, & qui anime leurs travaux, sert encore à élever l'Europe au-dessus de ce qu'elle admiroit stérilement dans l'ancienne Rome, sans avoir ni la force ni même le desir de l'imiter.

Mais de tant de nations en est-il une qui puisse se vanter de renfermer dans son sein un pareil nombre d'Officiers tels que les nôtres ? quelquefois ailleurs on sert pour faire sa fortune, & parmi nous on prodigue la sienne pour servir ; ailleurs on trafique de son sang

avec

avec des maîtres étrangers, ici on brule de donner sa vie pour son Roi; là on marche parce qu'on est payé; ici on vole à la mort pour être regardé de son Maître; & l'honneur a toujours fait de plus grandes choses que l'intérêt.

Souvent en parlant de tant de travaux & de tant de belles actions, nous nous dispensons de la reconnaissance en disant que l'ambition a tout fait. C'est la logique des ingrats. Qui nous sert veut s'élever; je l'avoue: oui on est excité en tout genre par cette noble ambition, sans laquelle il ne seroit point de grands hommes. Si on n'avoit pas devant les yeux des objets qui redoublent l'amour du devoir, seroit-on bien récompensé par ce public si ardent quelquefois & si précipité dans ses éloges, mais toujours plus prompt dans ses censures, passant de l'entousiasme à la tiédeur, & de la tiédeur à l'oubli?

Sibarites tranquilles dans le sein de nos cités florissantes, occupés des rafinemens de la mollesse, devenus insensibles à tout, & au plaisir même pour avoir tout épuisé, fatigués de ces spectacles journaliers, dont le moindre eut été une fête pour nos peres, & de ces repas continuels, plus délicats que les festins des Rois; au milieu de tant de voluptés, si accumulées & si peu senties, de tant d'arts, de tant de chefs-d'œuvres si perfectionnés & si peu considérés; enivrés & assoupis dans la sécurité & dans le dédain, nous apprenons la nouvelle d'une bataille; on se réveille de sa douce léthargie pour demander avec empressement des détails dont on parle au hazard, pour censurer le Général, pour diminuer la perte des ennemis, pour enfler la nôtre: cependant cinq ou six cens familles du Royaume sont ou dans les larmes ou dans la crainte. Elles gémissent, retirées dans l'intérieur de leurs maisons, & redemandent au ciel des freres, des époux, des enfans. Les paisibles

paisibles habitans de Paris se rendent le soir aux spectacles où l'habitude les entraîne plus que le goût. Et si dans les repas qui succedent aux spectacles, on parle un moment des morts qu'on a connus, c'est quelquefois avec indifférence, ou en rapelant leurs défauts, quand on ne devroit se souvenir que de leurs pertes; ou même en exerçant contre eux ce facile & malheureux talent d'une raillerie maligne, comme s'ils vivoient encore.

Mais quand nous apprenons que dans le cours de nos succès, un revers tel qu'en ont éprouvés dans tous les tems les plus grands Capitaines, a suspendu le progrès de nos armes, alors tout est désespéré. Alors on affecte de craindre, quoiqu'on ne craigne rien en effet. Nos reproches amers persécutent jusques dans le tombeau le Général dont les jours ont été tranchés dans une action malheureuse. Et savons-nous quels étoient ses desseins, ses ressources? & pouvons-nous de nos lambris dorés, dont nous ne sommes presque jamais sortis, voir d'un coup d'œil juste le terrain sur lequel on a combattu? Celui que vous accusez a pû se tromper: mais il est mort en combattant pour vous. Quoi nos livres, nos écoles, nos déclamations historiques, répeteront sans cesse le nom d'un Cinégire, qui ayant perdu les bras en saisissant une barque persanne, l'arrêtoit encore vainement avec les dents! Et nous nous bornerions à blâmer notre compatriote qui est mort en arrachant ainsi les palissades des retranchemens ennemis au combat d'Exiles, quand il ne pouvoit plus les saisir de ses mains blessées.

Remplissons-nous l'esprit, à la bonne heure, de ces exemples de l'antiquité, souvent très-peu prouvés & beaucoup exagérés; mais qu'il reste au moins place dans nos esprits pour ces exemples de vertu, heureux ou malheureux, que nous ont donnés nos concitoyens. Ce jeune Brienne, qui ayant le bras fracassé à ce combat

d'Exiles,

d'Exiles, monte encore à l'escalade en disant: *Il m'en reste un autre pour mon Roi & pour ma patrie*, ne vaut-il pas bien un habitant de l'Attique & du Latium? & tous ceux qui, comme lui, s'avançoient à la mort, ne pouvant la donner aux ennemis, ne doivent-ils pas nous être plus chers que les anciens guerriers d'une terre étrangère? n'ont-ils pas même mérité cent fois plus de gloire en mourant sous des boulevards inaccessibles, que n'en ont acquis leurs ennemis, qui en se défendant contr'eux avec sureté, les immoloient sans danger & sans peine.

Que dirai-je de ceux qui sont morts à la journée de Dettingue, journée si bien préparée & si mal conduite; & dans laquelle il ne manqua au Général que d'être obéi pour mettre fin à la guerre? parmi ceux dont l'histoire célébrera la valeur inutile & la mort malheureuse, oubliera-t-on un jeune Bouflers, un enfant de dix ans, qui dans cette bataille a une jambe cassée, qui la fait couper sans se plaindre, & qui meurt de même; exemple d'une fermeté rare parmi les guerriers, & unique à cet âge!

Si nous tournons les yeux sur des actions, non pas plus hardies, mais plus fortunées: que de héros dont les exploits & les noms doivent être sans cesse dans notre bouche? que de terrains arrosés du plus beau sang, & célebres par des triomphes! Là s'élevoient contre nous cent boulevards qui ne sont plus; que sont devenus ces ouvrages de Fribourg, baignés de sang, écroulés sous leurs défenseurs, entourés des cadavres des assiégeans? on voit encore les remparts de Namur & ces châteaux qui font dire au voyageur étonné, comment a-t-on réduit cette forteresse qui touche aux nues? on voit Ostende qui jadis soutenoit des siéges de trois années, & qui s'est rendue en cinq jours à nos armes victorieuses. Chaque plaine, chaque ville de ces contrées est

est un monument de notre gloire. Mais que cette gloire a coûté !

O peuples heureux, donnez au moins à des compatriotes qui ont expiré, victimes de cette gloire, ou qui survivent encore à une partie d'eux-mêmes, les récompenses que leurs cendres ou leurs blessures vous demandent. Si vous les refusiez, les arbres, les campagnes de la Flandre prendroient la parole pour vous dire : c'est ici que ce modeste & intrépide Luttaux, chargé d'années & de service, déja blessé de deux coups, affaibli & perdant son sang, s'écria: *Il ne s'agit pas de conserver sa vie, il faut en rendre les restes utiles*, & ramenant au combat des troupes dispersées, reçut le coup mortel qui le mit enfin au tombeau. C'est-là que le Colonel des Gardes Françaises en allant le premier reconnaître les ennemis, fut frappé le premier dans cette journée meurtriere, & périt en faisant des souhaits pour le Monarque & pour l'Etat. Plus loin est mort le neveu de ce célebre Archevêque de Cambrai, l'héritier des vertus de cet homme unique qui rendit la vertu si aimable.

O qu'alors les places des peres deviennent à bon droit l'héritage des enfans ! qui peut sentir la moindre atteinte de l'envie, quand sur les remparts de Tournay un de ces tonnerres souterrains qui trompent la valeur & la prudence, ayant emporté les membres sanglans & dispersés du Colonel de Normandie, ce Régiment est donné le jour même à son jeune fils, & ce corps invincible ne crut point avoir changé de conducteur. Ainsi cette troupe étrangere devenue si nationale, qui porte le nom de Dillon, a vû les enfans & les freres succéder rapidement à leurs peres & à leurs freres tués dans les batailles; ainsi le brave d'Aubeterre, le seul Colonel tué au siége de Bruxelles, fut remplacé par son valeureux frere. Pourquoi faut-il que la mort nous l'enleve encore?

Le Gouvernement de la Flandre, de ce théâtre éternel de combats, est devenu le juste partage du guerrier qui, à peine au sortir de l'enfance, avoit tant de fois en un jour exposé sa vie à la bataille de Rocou. Son pere marcha à côté de lui à la tête de son Régiment, & lui apprit à commander & à vaincre ; la mort qui respecta ce pere généreux & tendre dans cette bataille, où elle fut à tout moment autour d'eux, l'attendoit dans Gènes sous une forme différente, c'est-là qu'il a péri avec la douleur de ne pas verser son sang sur les bastions de la ville assiégée, mais avec la consolation de laisser Gènes libre, & emportant dans la tombe le nom de son libérateur.

De quelque côté que nous tournions nos regards, soit sur cette ville délivrée, soit sur le Pô & sur le Tesin, sur la cime des Alpes, sur les bords de l'Escaut, de la Meuse & du Danube, nous ne verrons que des actions dignes de l'immortalité, ou des morts qui demandent nos éternels regrets.

Il faudroit être stupide pour ne pas admirer, & barbare pour n'être pas attendri. Mettons-nous un moment à la place d'une épouse craintive, qui embrasse dans ses enfans l'image du jeune époux qu'elle aime, tandis que ce guerrier qui avoit cherché le péril en tant d'occasions, & qui avoit été blessé tant de fois, marche aux ennemis dans les environs de Gènes, à la tête de sa brave troupe, cet homme qui, à l'exemple de sa famille, cultivoit les lettres & les armes, & dont l'esprit égaloit la valeur, reçoit le coup funeste qu'il avoit tant cherché, il meurt ; à cette nouvelle la triste moitié de lui-même s'évanouit au milieu de ses enfans, qui ne sentent pas encore leur malheur. Ici une mere & une épouse veulent partir pour aller secourir en Flandres un jeune héros dont la sagesse & la vaillance prématurée lui méritoient la tendresse du Dauphin, & sembloient lui pro-

promettre une vie glorieuse ; elles se flattent que leurs soins le rendront à la vie, & on leur dit: Il est mort. Quel moment, quel coup funeste pour la fille d'un Empereur infortuné, idolâtre de son époux, son unique consolation, son seul espoir dans une terre étrangère, quand on lui dit: vous ne reverrez jamais l'époux pour qui seul vous aimiez la vie.

Une mere vole sans s'arrêter en Flandre, dans les transes cruelles où la jette la blessure de son jeune fils. Déja dans la bataille de Rocou elle avoit vû son corps percé & déchiré d'un de ces coups affreux qui ne laissent plus qu'une vie languissante, cette fois elle est encore trop heureuse: elle rend grace au ciel de voir ce fils privé d'un bras lorsqu'elle trembloit de le trouver au tombeau.

Ne suivons ici ni l'ordre des tems ni celui de nos exploits & de nos pertes. Le sentiment n'a point de régles. Je me transporte à ces campagnes voisines d'Ausbourg, où le pere de ce jeune guerrier dont je parle, étoit abandonné d'un côté par les Bavarois que nous protégions, & pour qui la France avoit prodigué tant de sang & de trésors, de l'autre par les Hessois qui étoient à notre solde. Il falloit sauver les restes de notre Armée, & il sût les dérober à la poursuite d'un ennemi que le nombre & la trahison rendoient si supérieurs. Mais dans cette manœuvre habile nous perdons ce dernier rejetton de la maison de Rupelmonde, cet Officier si instruit & si aimable qui avoit fait l'étude la plus approfondie de la guerre, & qui réunissoit l'intrépidité de l'ame, la solidité & les graces de l'esprit, la douceur & la facilité du commerce ; il laisse dans les larmes une épouse & une mere digne d'un tel fils, il ne leur reste plus de consolation sur la terre.

Maintenant esprits dédaigneux & frivoles, qui prodiguez une plaisanterie si insultante & si déplacée sur tout ce qui attendrit les ames nobles & sensibles; vous qui dans les évenemens frappans dont dépend la destinée des

Royaumes, ne cherchez à vous signaler que par ces traits que vous appellez bons mots, & qui par là prétendez une espece de supériorité dans le monde; osez ici exercer ce misérable talent d'une imagination faible & barbare; ou plutôt s'il vous reste quelque humanité, mêlez vos sentimens à tant de regrets & quelques pleurs à tant de larmes: mais êtes-vous dignes de pleurer?

Que sur-tout ceux qui ont été les compagnons de tant de dangers, & les témoins de tant de pertes, ne prennent pas dans l'oisiveté voluptueuse de nos villes, dans la légereté du commerce, cette habitude trop commune à notre nation de répandre un air de frivolité & de dérision sur ce qu'il y a de plus glorieux dans la vie, & de plus affreux dans la mort; voudroient-ils s'avilir ainsi eux-mêmes, & flétrir ce qu'ils ont tant d'intérêt d'honorer?

Que ceux qui ne s'occupent que de nos froids & ridicules romans; que ceux qui ont le malheur de ne se plaire qu'à ces puériles pensées plus fausses que délicates dont nous sommes tant rebattus, dédaignent ce tribut simple de regrets qui partent du cœur. Qu'ils se lassent de ces peintures vraies de nos grandeurs & de nos pertes, de ces éloges sincéres donnés à des noms, à des vertus qu'ils ignorent, je ne me lasserai point de jetter des fleurs sur les tombeaux de nos défenseurs; j'éleverai encore ma faible voix; je dirai: Ici a été tranchée dans sa fleur la vie de ce jeune guerrier dont les freres combattent sous nos étendarts, & dont le pere a protégé les arts à Florence sous une domination étrangere. Là fut percé d'un coup mortel le Marquis de Beauveau son cousin, quand le digne petit-fils du grand Condé forçoit la ville d'Ypre à se rendre. Accablé de douleurs incroyables, entouré de nos soldats qui se disputoient l'honneur de le porter, il leur disoit d'une voix expirante: *Mes amis, allez où vous êtes nécessaires, allez combattre & laissez-moi mourir.*

Qui

Qui pourra célébrer dignement sa noble franchise, ses vertus civiles, ses connaissances, son amour des lettres, le goût éclairé des monumens antiques enseveli avec lui! Ainsi périssent d'une mort violente à la fleur de leur âge, tant d'hommes dont la patrie attendoit son avantage & sa gloire; tandis que d'inutiles fardeaux de la terre amusent dans nos jardins leur vieillesse oisive, du plaisir de raconter les premiers ces nouvelles désastreuses.

O destin! ô fatalité! nos jours sont comptés; le moment éternellement déterminé arrive qui anéantit tous les projets & toutes les espérances. Le Comte de Bissy prêt à jouir de ces honneurs tant desirés par ceux-même sur qui les honneurs sont accumulés, accourt de Gènes devant Mastrich, & le dernier coup tiré des remparts lui ôte la vie; il est la derniere victime immolée, au moment même que le ciel avoit prescrit pour la cessation de tant de meurtres. Guerre qui as rempli la France de gloire & de deuil, tu ne frappes pas seulement par tes traits rapides qui portent en un moment la destruction! Que de citoyens, que de parens & d'amis nous ont été ravis par une mort lente que les fatigues des marches, l'intempérie des saisons traînent après elles!

Tu n'es plus, ô douce espérance du reste de mes jours! ô ami tendre élevé dans cet invincible Régiment du Roi toujours conduit par des héros! qui s'est tant signalé dans les tranchées de Prague, dans la bataille de Fontenoy, dans celle de Lawfelt où il a décidé la victoire. La retraite de Prague pendant trente lieues de glaces, jetta dans ton sein les semences de la mort que mes tristes yeux ont vû depuis se développer; familiarisé avec le trépas, tu le sentis approcher avec cette indifférence que les philosophes s'efforçoient jadis ou d'acquerir ou de montrer; accablé de souffrances au dedans & au dehors, privé de la vûe, perdant chaque jour une partie de toi-même, ce n'étoit que par un excès de vertu que tu

 n'étois

n'étois point malheureux; & cette vertu ne te coûtoit point d'effort. Je t'ai vû toujours le plus infortuné des hommes & le plus tranquille. On ignoreroit ce qu'on a perdu en toi, si le cœur d'un homme éloquent n'avoit fait l'éloge du tien dans un ouvrage consacré à l'amitié, & embelli par les charmes de la plus touchante poësie. Je n'étois point surpris que dans le tumulte des armes, tu cultivasses les lettres & la sagesse: ces exemples ne sont pas rares parmi nous. Si ceux qui n'ont que de l'ostentation ne t'imposerent jamais, si ceux qui dans l'amitié même ne sont conduits que par la vanité, révolterent ton cœur; il y a des ames nobles & simples qui te ressemblent. Si la hauteur de tes pensées ne pouvoit s'abaisser à la lecture de ces ouvrages licentieux, délices passageres d'une jeunesse égarée à qui le sujet plaît plus que l'ouvrage, si tu méprisois cette foule d'écrits que le mauvais goût enfante; si ceux qui ne veulent avoir que de l'esprit te paraissoient si peu de chose, ce goût solide t'étoit commun avec ceux qui soutiennent toujours la raison contre l'inondation de ce faux goût qui semble nous entraîner à la décadence. Mais par quel prodige avois-tu à l'age de vingt-cinq ans la vraie philosophie & la vraie éloquence, sans autre étude que le secours de quelques bons livres? comment avois-tu pris un essort si haut dans le siecle des petitesses! & comment la simplicité d'un enfant timide couvroit-elle cette profondeur & cette force de génie! Je sentirai long-tems avec amertume le prix de ton amitié; à peine en ai-je gouté les charmes; non pas de cette amitié vaine qui naît dans les vains plaisirs, qui s'envole avec eux & dont on a toujours à se plaindre, mais de cette amitié solide & courageuse la plus rare des vertus. C'est ta perte qui mit dans mon cœur ce dessein de rendre quelque honneur aux cendres de tant de défenseurs de l'Etat, pour élever aussi un monument à la tienne. Mon cœur rempli de toi a cherché cette consolation sans prévoir à quel usage ce discours sera destiné,

ni

ni comment il sera reçu de la malignité humaine qui à la vérité épargne d'ordinaire les morts, mais qui quelquefois aussi insulte à leurs cendres, quand c'est un prétexte de plus de déchirer les vivans.

1 Juin 1748.

Le jeune homme qu'on regrette ici avec tant de raison est M. de Vauvenargues, long-tems Capitaine au Régiment du Roi. Je ne sai si je me trompe, mais je crois qu'on trouvera dans la seconde édition de son livre, plus de cent pensées qui caractérisent la plus belle ame, la plus profondement philosophe, la plus dégagée de tout esprit de parti.

Que ceux qui pensent, méditent les maximes suivantes:

La raison nous trompe plus souvent que la nature.

Si les passions font plus de fautes que le jugement, c'est par la même raison que ceux qui gouvernent font plus de fautes que les hommes privés.

⁂

Les grandes pensées viennent du cœur.

(C'est ainsi que sans le savoir, il se peignoit lui-même.)

La conscience des mourans calomnie leur vie.

La fermeté ou la faiblesse à la mort dépend de la derniere maladie.

(J'oserois conseiller qu'on lut les maximes qui suivent celles-ci, & qui les expliquent.)

⁂

La pensée de la mort nous trompe, car elle nous fait oublier de vivre.

⁂

La plus fausse de toutes les philosophies est celle qui, sous prétexte d'afranchir les hommes des embarras des passions, leur conseille l'oisiveté.

⁂

Nous devons peut-être aux passions les plus grands avantages de l'esprit.

Ce qui n'offenſe pas la ſociété n'eſt pas du reſſort de la juſtice.

Quiconque eſt plus ſévère que les loix eſt un tyran.

On voit, ce me ſemble, par ce peu de penſées que je rapporte, qu'on ne peut pas dire de lui ce qu'un des plus aimables eſprits de nos jours a dit de ces philoſophes de parti, de ces nouveaux Stoïciens qui en ont impoſé aux faibles:

Ils ont eu l'art de bien connaître
L'homme qu'ils ont imaginé,
Mais ils n'ont jamais deviné
Ce qu'il eſt, ni ce qu'il doit être.

J'ignore ſi jamais aucun de ceux qui ſe ſont mêlés d'inſtruire les hommes, a rien écrit de plus ſage que ſon chapitre ſur le bien & ſur le mal moral. Je ne dis pas que tout ſoit égal dans ce livre; mais ſi l'amitié ne me fait pas illuſion, je n'en connais guéres qui ſoit plus capable de former une ame bien née & digne d'être inſtruite. Ce qui me perſuade encore qu'il y a des choſes excellentes dans cet ouvrage, que M. de Vauvenargues nous a laiſſé, c'eſt que je l'ai vû mépriſé par ceux qui n'aiment que les jolies phraſes & le faux bel eſprit.

DES

DES

MENSONGES

IMPRIMES.

DES

MENSONGES IMPRIMÉS.

On peut aujourd'hui diviser les habitans de l'Europe en lecteurs & en auteurs, comme ils ont été divisés pendant sept ou huit siècles en petits tyrans barbares qui portoient un oiseau sur le poing, & en esclaves qui manquoient de tout.

Il y a environ deux cent cinquante ans que les hommes se sont ressouvenus peu à peu qu'ils avoient une ame; chacun veut lire, ou pour fortifier cette ame, ou pour l'orner, ou pour se vanter d'avoir lû. Lorsque les Hollandais s'apperçurent de ce nouveau besoin de l'espece humaine, ils devinrent les facteurs de nos pensées, comme ils l'étoient de nos vins & de nos sels. Et tel libraire d'Amsterdam qui ne savoit pas lire, gagna un million, parce qu'il y avoit quelques François qui se mêloient d'écrire. Ces marchands s'informoient par leurs correspondans, des ouvrages qui avoient le plus de cours, [illegible]

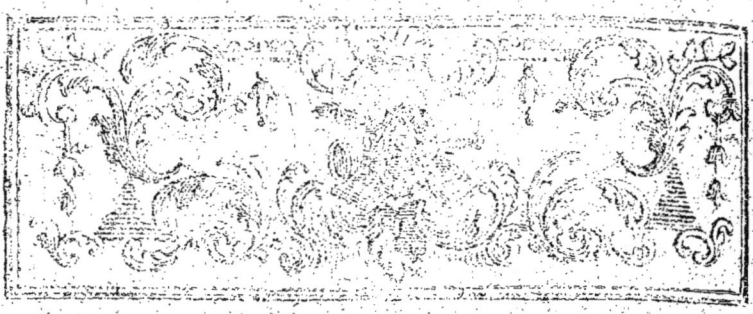

DES

MENSONGES

IMPRIMÉS.

On peut aujourd'hui diviſer les habitans de l'Europe en lecteurs & en auteurs, comme ils ont été diviſés pendant ſept ou huit ſiecles en petits tyrans barbares qui portoient un oiſeau ſur le poing, & en eſclaves qui manquoient de tout.

Il y a environ deux cens cinquante ans que les hommes ſe ſont reſſouvenus petit à petit qu'ils avoient une ame; chacun veut lire, ou pour fortifier cette ame, ou pour l'orner, ou pour ſe vanter d'avoir lû. Lorſque les Hollandais s'apperçurent de ce nouveau beſoin de l'eſpece humaine, ils devinrent les facteurs de nos penſées, comme ils l'étoient de nos vins & de nos ſels. Et tel libraire d'Amſterdam qui ne ſavoit pas lire, gagna un million, parce qu'il y avoit quelques Français qui ſe mêloient d'écrire. Ces marchands s'informoient par leurs correſpondans, des denrées qui avoient le plus de cours, & ſelon le beſoin ils commandoient à leurs ouvriers des hiſtoires ou des romans, mais principale-

ment

ment des histoires, parce qu'après tout on ne laisse pas de croire qu'il y a toujours un peu plus de vérité dans ce qu'on appelle Histoire nouvelle, Mémoires historiques, Anecdotes, que dans ce qui est intitulé Roman. C'est ainsi que sur des ordres de marchands de papier & d'encre, leurs metteurs en œuvre composérent les mémoires d'Artagnan, de Pointis, de Vordac, de Rochefort, & tant d'autres, dans lesquels on trouve au long tout ce qu'ont pensé les Rois ou les Ministres quand ils étoient seuls, & cent mille actions publiques dont on n'avoit jamais entendu parler. Les jeunes Barons Allemands, les Palatins Polonais, les Dames de Stokolm & de Copenhague lisent ces livres, & croyent y apprendre ce qui s'est passé de plus secret à la cour de France.

Varillas étoit fort au dessus des nobles auteurs dont je parle, mais il se donnoit d'assez grandes libertés. Il dit un jour à un homme qui le voyoit embarrassé : J'ai trois Rois à faire parler ensemble ; ils ne se sont jamais vûs, & je ne sai comment m'y prendre. Quoi donc, lui dit l'autre, est-ce que vous faites une tragédie ?

Tout le monde n'a pas le don de l'invention. On fait imprimer in-12. les Fables de l'histoire ancienne, qui étoient ci-devant in-folio. Je crois que l'on peut retrouver dans plus de deux cens auteurs les mêmes prodiges opérés & les mêmes prédictions faites du tems que l'astrologie étoit une science. On nous redira peut-être encore que deux Juifs, qui sans doute ne savoient que vendre de vieux habits & rogner de vieilles especes, promirent l'Empire à Léon l'Isaurien, & exigerent de lui qu'il abattit les images des Chrétiens quand il seroit sur le trône ; comme si un Juif se soucioit beaucoup que nous eussions ou non des images. Je ne désespere pas qu'on ne réimprime que Mahomet II. surnommé le Grand,

Grand, le Prince le plus éclairé de son tems, & le rémunérateur le plus magnifique des arts, mit tout à feu & à sang dans Constantinople, (qu'il préserva pourtant du pillage) abattit toutes les églises, (dont en effet il conserva la moitié,) fit empaler le Patriarche, lui qui rendit à ce même Patriarche plus d'honneurs qu'il n'en avoit reçu des Empereurs Grecs: qu'il fit éventrer quatorze pages, pour savoir qui d'eux avoit mangé un melon, & qu'il coupa la tête à sa maitresse pour réjouir ses Janissaires. Ces histoires dignes de Robert-le-diable & de Barbe-bleue, sont vendues tous les jours avec approbation & privilege.

Des esprits plus profonds ont imaginé une autre maniere de mentir. Ils se sont établis héritiers de tous les grands Ministres, & se sont emparés de tous les testamens. Nous avons vû les testamens des Colbert & des Louvois, donnés comme des piéces authentiques par des politiques rafinés qui n'étoient jamais entrés seulement dans l'antichambre d'un bureau de la guerre ni des finances. Le testament du Cardinal de Richelieu fait par une main un peu moins mal-habile, a eu plus de fortune, & l'imposture a duré très-long-tems. C'est un plaisir surtout de voir dans des recueils de harangues, quels éloges on a prodigués à *l'admirable* testament de cet *incomparable* Cardinal: on y trouvoit toute la profondeur de son génie; & un imbécile qui l'avoit bien lû & qui en avoit même fait quelques extraits, se croyoit capable de gouverner le monde.

J'eus quelques soupçons dès ma jeunesse, que l'ouvrage étoit d'un faussaire qui avoit pris le nom du Cardinal de Richelieu pour débiter ses rêveries; je fis demander chez tous les héritiers de ce Ministre, si on avoit quelque notion que le manuscrit du testament eût jamais été dans leur maison; on répondit unanimement que personne n'en avoit eu la moindre connais-

sance

ſance avant l'impreſſion. J'ai fait depuis les mêmes perquiſitions, & je n'ai pas trouvé le moindre veſtige du manuſcrit ; j'ai conſulté la bibliotheque du Roi, les dépôts des Miniſtres, jamais je n'ai vû perſonne qui ait ſeulement entendu dire qu'on ait jamais vû une ligne du manuſcrit du Cardinal. Tout cela fortifia mes ſoupçons, & voici les préſomptions & les raiſons qui me perſuadent que le Cardinal n'a pas la plus petite part à cet ouvrage.

1°. Le teſtament ne parut que 38 ans après la mort de ſon auteur prétendu. L'éditeur dans ſa préface ne dit point comment le manuſcrit eſt tombé dans ſes mains. Si le manuſcrit eût été authentique, il étoit de ſon devoir & de ſon intérêt d'en donner la preuve, de le dépoſer dans quelque bibliotheque publique, de le faire voir à quelque homme en place. Il ne prend aucune de ces meſures, (que ſans doute il ne pouvoit prendre) & cela ſeul doit lui ôter tout crédit.

2°. Le ſtile eſt entierement différent de celui du Cardinal de Richelieu. On a cru y reconnaître la main de l'Abbé de Bourzeis, mais il eſt plus aiſé de dire de qui ce livre n'eſt pas, que de prouver de qui il eſt.

3°. Non-ſeulement on n'a pas imité le ſtile du Cardinal de Richelieu, mais on a l'imprudence de le faire ſigner *Armand Dupleſſis*, lui qui n'a de ſa vie ſigné de cette maniere.

4°. Dès le premier chapitre on voit une fauſſeté révoltante. On y ſuppoſe la paix faite, & non-ſeulement on étoit alors en guerre, mais le Cardinal de Richelieu n'avoit nulle envie de faire la paix. Une pareille abſurdité eſt une conviction manifeſte de faux.

5°. Aux louanges ridicules que le Cardinal ſe donne à lui-même dans ce premier chapitre & qu'un homme de

Une partie de ces réflexions avoit déja paru dans les papiers publics.

de bon ſens ne ſe donne jamais, on ajoute une condamnation encore plus indécente de ceux qui étoient dans le conſeil quand le Cardinal y entra. On y apelle le Duc de Mantoue, *ce pauvre Prince.* Quand on y mentionne les intrigues que trama la Reine Mere pour perdre le Cardinal, on dit la *Reine* tout court, comme s'il s'agiſſoit de la Reine Epouſe du Roi. On y nomme la Marquiſe du Fargis, femme de l'Ambaſſadeur en Eſpagne, & favorite de la Reine Mere, *la Fargis* comme, ſi le Cardinal de Richelieu eût parlé de Marion de Lorme ; il n'appartient qu'à quelques pédans groſſiers qui ont écrit des hiſtoires de Louis XIV. de dire la Monteſpan, la Maintenon, la Fontange, la Portsmouth. Un homme de qualité & auſſi poli que le Cardinal de Richelieu, n'eut pas aſſurément tombé dans de telles indécences. Je ne prétends pas donner à cette probabilité plus de poids qu'elle n'en a ; je ne la regarde pas comme une raiſon déciſive, mais comme une conjecture aſſez forte.

6°. Voici une preuve qui me paraît entierement convaincante. Le teſtament dit au chapitre premier, que les cinq dernieres années de la guerre ont couté chacune *ſoixante millions de livres* de ce tems-là, ſans moyens extraordinaires, & dans le chapitre neuf, il dit, qu'il entre dans l'épargne *trente-cinq millions* tous les ans. Que peut-on oppoſer à une contradiction ſi formelle ? n'y découvre-t-on pas évidemment un fauſſaire qui écrit à la hâte, & qui oublie au neuviéme chapitre ce qu'il a dit dans le premier.

7°. Quel eſt l'homme de bon ſens qui pourra penſer qu'un Miniſtre propoſe au Roi de réduire les dépenſes ſecrettes de ce qu'on apelle *comptant* à un million d'or ? Que veut dire ce mot vague un million d'or ? ces expreſſions ſont bonnes pour un homme qui compile l'hiſtoire ancienne ſans entendre ce que valent les eſpeces : eſt-ce est-ce un million de livres d'or, de marcs d'or, de Louis d'or ? dans ce dernier cas, qui est le plus favorable, le million d'or comptant auroit monté à vingt-deux millions de nos livres numéraires d'aujourd'hui; & c'étoit une plaisante réduction qu'une dépense qui auroit monté alors à près du tiers du revenu de l'état.

D'ailleurs est-il croyable qu'un Ministre insiste sur l'abolition de ce comptant ? c'étoit une dépense secrette dont le Ministre étoit le maître absolu. C'étoit le plus cher privilege de sa place.

L'affaire des comptans ne fit du bruit que du tems de la disgrace du célebre Fouquet qui avoit abusé de ce droit du Ministère. Qui ne voit que le testament prétendu du Cardinal de Richelieu n'a été forgé qu'après l'avanture de Monsieur Fouquet ?

8°. Est-il encore d'un Ministre d'apeller les rentes constituées au denier vingt *les rentes au denier cinq?* Il n'y a pas de clerc de notaire qui tombât dans cette méprise absurde. Une rente au denier cinq produiroit la cinquiéme partie du capital. Un fond de cent mille francs produiroit vingt mille francs d'intérêt, il n'y a jamais eu de rentes à ce prix. Les rentes au denier vingt produisent cinq pour cent, mais ce n'est pas là le denier cinq. Il est clair que le testament est l'ouvrage d'un homme qui n'avoit pas de rentes sur la Ville.

9°. Il parait évident que tout le chapitre neuf, où il est question de la finance est d'un faiseur de projets, qui dans l'oisiveté de son cabinet, bouleverse paisiblement tout le sistême du gouvernement, suprime les gabelles, fait payer la taille au parlement, rembourse les charges sans avoir dequoi les rembourser. Il est assurément bien étrange qu'on ait osé mettre ces chimères sous le nom d'un grand Ministre, & que le public y ait été trompé. Mais où sont les hommes qui lisent avec attention ? je n'ai gueres vû personne lire avec un profond

fond examen autre chose que les mémoires de ses propres affaires. Delà vient que l'erreur domine dans tout l'univers. Si l'on mettoit autant d'attention dans la lecture, qu'un bon économe en apporte à voir les comptes de son maître d'hôtel, de combien de sottises ne seroit-on pas détrompé?

10°. Est-il vraisemblable qu'un homme d'Etat qui se propose un ouvrage aussi solide, dise *que le Roi d'Espagne en secourant les Huguenots, avoit rendu les Indes tributaires de l'enfer; que les gens de Palais mesurent la couronne du Roi par sa forme qui étant ronde n'a point de fin; que les élémens n'ont de pesanteur, que lorsqu'ils sont en leur lieu; que le feu, l'air ni l'eau ne peuvent soutenir un corps terrestre, parce qu'il est pesant hors de son lieu;* & cent autres absurdités pareilles, dignes d'un professeur de rhétorique de province dans le seiziéme siecle, ou d'un répétiteur Irlandais qui dispute sur les bancs.

11°. Se persuadera-t-on que le premier Ministre d'un Roi de France ait fait un chapitre tout entier pour engager son maître à se priver du droit de régale dans la moitié des Evêchés de son Royaume. Droits dont les Rois ont été si jaloux?

12°. Seroit-il possible que dans un testament politique adressé à un Prince âgé de quarante ans passés, un Ministre tel que le Cardinal de Richelieu eût dit tant d'absurdités quand il entre dans les détails, & n'eût en général annoncé que des vérités triviales, faites pour un enfant qu'on éleve, & non pour un Roi qui régnoit depuis trente années. Il assure *que les Rois ont besoin de conseils; qu'un conseiller d'un Roi doit avoir de la capacité & de la probité; qu'il faut suivre la raison, établir le regne de Dieu; que les intérêts publics doivent être préférés aux particuliers; que les flatteurs sont dangereux; que l'or & l'argent sont nécessaires.* Voila

 de

de grandes maximes d'Etat à enseigner à un Roi de quarante ans ! Voila des vérités d'une finesse & d'une profondeur dignes du Cardinal de Richelieu !

13°. Qui croiroit enfin que le Cardinal de Richelieu ait recommandé à Louis XIII. la pureté & la chasteté par son testament politique ? lui qui avoit eu publiquement tant de maîtresses, & qui, si l'on en croit les mémoires du Cardinal de Rets & de tous les courtisans de ce tems-là, avoit porté la témérité de ses désirs jusqu'à des objets qui devoient l'effrayer & le perdre.

Qu'on pese toutes ces raisons, & qu'après on attribue ce livre, si on l'ose, au Cardinal de Richelieu.

On n'a pas été moins trompé au testament de Charles IV. Duc de Lorraine, on a cru y reconnaître l'esprit de ce Prince, mais ceux qui étoient au fait y reconnurent l'esprit de M. de Chevremont qui le composa.

Après ces faiseurs de testamens viennent les auteurs d'anecdotes. Nous avons une petite histoire imprimée en 1700. de la façon d'une Mademoiselle Durand, personne fort instruite, qui porte pour titre : Histoire des amours de Grégoire VII. du Cardinal de Richelieu, de la Princesse de Condé, & de la Marquise Durfé. J'ai lû, il y a quelques années, les amours du révérend Pere de la Chaise, Confesseur de Louis XIV.

Une très-honorable Dame réfugiée à la Haye, composa au commencement de ce siécle six gros volumes de Lettres d'une Dame de qualité de province, & d'une Dame de qualité de Paris, qui se mandoient familierement les nouvelles du tems. Or, dans ces nouvelles du tems, je peux assurer qu'il n'y en a pas une de véritable. Toutes les prétendues avantures du Chevalier de Bouillon, connu depuis sous le nom de Prince d'Auvergne, y sont rapportées avec toutes leurs circonstances.

ces. J'eus la curiosité de demander un jour à M. le Chevalier de Bouillon, s'il y avoit quelque fondement dans ce que Madame Dunoyer avoit écrit sur son compte. Il me jura que tout étoit un tissu de faussetés. Cette Dame avoit ramassé les sottises du peuple, & dans les pays étrangers elles passoient pour l'histoire de la Cour.

Quelquefois les auteurs de pareils ouvrages font plus de mal qu'ils ne pensent. Il y a quelques années qu'un homme de ma connaissance ne sachant que faire, imprima un petit livre dans lequel il disoit qu'une personne célebre avoit péri par le plus horrible des assassinats: j'avois été témoin du contraire; je représentai à l'auteur combien les loix divines & humaines l'obligeoient de se rétracter; il me le promit: mais l'effet de son livre dure encore, & j'ai vû cette calomnie répetée dans de prétendues histoires du siecle.

Il vient de paraître un ouvrage politique à Londres, la ville de l'univers où l'on débite les plus mauvaises nouvelles, & les plus mauvais raisonnemens sur les nouvelles les plus fausses. *Tout le monde sait*, dit l'auteur (pag. 17,) *que l'Empereur Charles VI. est mort empoisonné dans de l'aqua tuffana; on sait que c'est un Espagnol qui étoit son page favori, & auquel il a fait un legs par son testament, qui lui donna le poison. Les magistrats de Milan qui ont reçu les dépositions de ce page quelque tems avant sa mort & qui les ont envoyées à Vienne, peuvent nous apprendre quels ont été ses instigateurs & ses complices, & je souhaite que la Cour de Vienne nous instruise bientôt des circonstances de cet horrible crime.*

Je crois que la Cour de Vienne fera attendre longtems les instructions qu'on lui demande sur cette chimere. Ces calomnies toujours renouvellées me font souvenir de ces vers:

Les oisifs courtisans que leurs chagrins dévorent,
S'efforcent d'obscurcir les astres qu'ils adorent;
Si l'on croit de leurs yeux le regard pénétrant,
Tout Ministre est un traitre & tout Prince un tiran;
L'hymen n'est entouré que de feux adulteres;
Le frere à ses rivaux est vendu par ses freres;
Et sitôt qu'un grand Roi penche vers son déclin,
Ou son fils ou sa femme ont hâté son destin . . .
Qui croit toujours le crime en paraît trop capable,

Voila comment sont écrites les histoires prétendues du siecle.

La guerre de 1702 & celle de 1741, ont produit autant de mensonges dans les livres, qu'elles ont fait périr de soldats dans les campagnes; on a redit cent fois & on redit encore, que le Ministere de Versailles avoit fabriqué le testament de Charles II. Roi d'Espagne. Des anecdotes nous apprennent que le dernier Maréchal de la Feuillade manqua exprès Turin, & perdit sa réputation, sa fortune & son Armée par un grand trait de courtisan; d'autres nous certifient qu'un Ministre fit perdre une bataille par politique. On vient de réimprimer dans les transactions de l'Europe qu'à la bataille de Fontenoi nous chargions nos canons avec de gros morceaux de verre, & des métaux venimeux: que le Général Cambel ayant été tué d'une de ces volées empoisonnées, le Duc de Cumberland envoya au Roi de France, dans un coffre, le verre & les métaux qu'on avoit trouvés dans sa plaie, qu'il mit dans ce coffre une lettre dans laquelle il disoit au Roy, *que les nations les plus barbares ne s'étoient jamais servies de pareilles armes*, & que le Roi frémit à la lecture de cette lettre. Il n'y a ni ombre de vérité ni de vraisemblance à tout cela. On ajoute à ces absurdes mensonges, que nous avons massacré de sang froid les Anglais blessés qui resterent sur

ſur le champ de bataille, tandis qu'il eſt prouvé par les regiſtres de nos hôpitaux, que nous eûmes ſoin d'eux comme de nos propres ſoldats. Ces indignes impoſtures prennent crédit dans pluſieurs provinces de l'Europe, & ſervent d'aliment à la haine des nations.

Combien de mémoires ſecrets, d'hiſtoires de campagnes, de journaux de toutes les façons, dont les préfaces annoncent l'impartialité la plus équitable, & les connaiſſances les plus parfaites ? On diroit que ces ouvrages ſont faits par des Plénipotentiaires à qui les Miniſtres de tous les Etats & les Généraux de toutes les Armées, ont remis leurs mémoires. Entrez chez un de ces grands Plénipotentiaires, vous trouverez un pauvre ſcribe en robe de chambre & en bonet de nuit, ſans meubles & ſans feu, qui compile & qui altere des gazettes.

Quelquefois ces Meſſieurs prennent une puiſſance ſous leur protection; on ſait le conte qu'on a fait d'un de ces écrivains qui à la fin d'une guerre demanda une récompenſe à l'Empereur Leopold, pour lui avoir entretenu ſur le Rhin une Armée complette de cinquante mille hommes pendant cinq ans. Ils déclarent auſſi la guerre & font des actes d'hoſtilité, mais ils riſquent d'être traités en ennemis. Un d'eux nommé Dubourg, qui tenoit ſon bureau dans Francfort, y fut malheureuſement arrêté par un Officier de notre Armée en 1748, & conduit au mont S. Michel où il eſt mort dans une cage. Mais cet exemple n'a point refroidi le magnanime courage de ſes confreres.

Une des plus nobles ſupercheries & des plus ordinaires, eſt celle des écrivains qui ſe transforment en Miniſtres d'Etat, & en Seigneurs de la Cour du pays dont ils parlent. On nous a donné une groſſe hiſtoire de Louis XIV. écrite ſur les mémoires d'un Miniſtre d'Etat. Ce Miniſtre étoit un Jéſuite chaſſé de ſon ordre, qui s'étoit réfugié en Hollande ſous le nom de la Hode, qui s'eſt fait enſuite Secrétaire d'Etat de France en Hollande pour avoir du pain.

Comme il faut toûjours imiter les bons modèles, & que le Chancelier Clarendon & le Cardinal de Rets ont fait des portraits des principaux perſonnages avec lesquels ils avoient traité, on ne doit pas s'étonner que les écrivains d'aujourd'hui, quand ils ſe mettent aux gages d'un libraire, commencent par donner tout au long des portraits fidèles des Princes de l'Europe, des Miniſtres, & des Généraux dont ils n'ont jamais vû paſſer la livrée. Un auteur Anglais dans les annales de l'Europe, imprimées & réimprimées, nous aſſure que Louis XV. *n'a pas cet air de grandeur qui annonce un Roi.* Cet homme aſſurément eſt difficile en phiſionomies. Mais en récompenſe il dit que le Cardinal de Fleury avoit l'air d'une noble confiance. Et il eſt auſſi éxact ſur les caracteres & ſur les faits que ſur les figures: il inſtruit l'Europe que le Cardinal de Fleury donna ſon titre de Premier-Miniſtre (qu'il n'a jamais eû) à M. le Comte de Toulouſe. Il nous apprend que l'on n'envoya l'Armée du Maréchal de Maillebois en Bohême, que parce qu'une *Demoiſelle* de la Cour avoit laiſſé une lettre ſur ſa table, & que cette lettre fit connaître la ſituation des affaires; il dit que le Comte d'Argenſon ſuccéda dans le Miniſtere de la guerre à M. Amelot. Je crois que ſi on vouloit raſſembler tous les livres écrits dans ce goût, pour ſe mettre un peu au fait des anecdotes de l'Europe, on feroit une bibliotheque immenſe, dans laquelle il n'y auroit pas dix pages de vérité.

Une

Une autre partie considérable du commerce du papier imprimé, est celle des livres qu'on a apellés Polémiques, par excellence; c'est-à-dire, de ceux dans lesquels on dit des injures à son prochain pour gagner de l'argent. Je ne parle pas des factums des avocats qui ont le noble droit de décrier tant qu'ils peuvent la partie adverse, & de diffamer loyallement des familles; je parle de ceux qui en Angleterre, par exemple, excités par un amour ardent de la patrie, écrivent contre le Ministere des Philippiques de Démostènes dans leurs greniers. Ces pieces se vendent deux sous la feuille, on en tire quelquefois quatre mille exemplaires, & cela fait toujours vivre un citoyen éloquent un mois ou deux. J'ai oui conter à M. le Chevalier Walpole, qu'un jour un de ces Démostènes à deux sous par feuille n'ayant point encore pris de parti dans les différens du Parlement, vint lui offrir sa plume pour écraser tous ses ennemis; le Ministre le remercia poliment de son zèle, & n'accepta point ses services. Vous trouverez donc bon, lui dit l'écrivain, que j'aille offrir mon secours à votre antagoniste M. Pultney. Il y alla aussi-tôt, & fut éconduit de même. Alors il se déclara contre l'un & l'autre; il écrivoit le lundi contre M. Walpole, & le mecredi contre M. Pultney. Mais après avoir subsisté honorablement les premieres semaines, il finit par demander l'aumône à leurs portes.

Le célebre Pope fut traité de son tems comme un Ministre; sa réputation fit juger à beaucoup de gens de lettres, qu'il y auroit quelques choses à gagner avec lui. On imprima à son sujet pour l'honneur de la littérature & pour avancer les progrès de l'esprit humain, plus de cent libelles dans lesquels on lui prouvoit qu'il étoit Athée; & ce qui est plus fort, en Angleterre on lui reprocha d'être catholique. On assura quand il donna sa traduction d'Homere, qu'il n'entendoit point le grec, parce qu'il étoit puant & bossu. Il est vrai qu'il étoit bossu, mais cela n'empêchoit pas qu'il ne sût très-bien le grec, & que sa traduction d'Homere ne fut fort bonne. On calomnia ses mœurs, son éducation, sa naissance; on s'attaqua à son pere & à sa mere. Ces libelles n'avoient point de fin. Pope eut quelquefois la faiblesse de répondre, cela grossit la nuée des libelles. Enfin il prit le parti de faire imprimer lui-même un petit abrégé de toutes ces belles pieces. Ce fut un coup mortel pour les écrivains qui jusques-là avoient vécu assez honnêtement des injures qu'ils lui disoient; on cessa de les lire, & on s'en tint à l'abrégé, ils ne s'en releverent pas.

J'ai été tenté d'avoir beaucoup de vanité quand j'ai vû que nos grands écrivains en usoient avec moi comme on en avoit agi avec Pope. Je peux dire que j'ai valu des honoraires assez passables, à plus d'un auteur. J'avois, je ne sai comment, rendu à l'illustre Abbé Desfontaines un léger service. Mais comme ce service ne lui donnoit pas dequoi vivre, il se mit d'abord un peu à son aise, au sortir de la maison dont je l'avois tiré, par une douzaine de libelles contre moi, qu'il ne fit à la vérité que pour l'honneur des lettres & par un excès de zèle pour le bon goût. Il fit imprimer la Henriade, dans laquelle il inséra des vers de sa façon, & ensuite il critiqua ces mêmes vers qu'il avoit faits. J'ai soigneusement conservé une lettre que m'écrivit un jour un auteur de cette trempe. *Monsieur, j'ai fait imprimer un Libelle contre vous, il y en a quatre cens exemplaires; si vous voulez m'envoyer 400. liv. je vous remettrai tous*

les

les exemplaires fidèlement. Je lui mandai que je me donnerois bien de garde d'abuser de sa bonté, que ce seroit un marché trop désavantageux pour lui, & que le débit de son livre lui vaudroit beaucoup davantage; je n'eus pas lieu de me repentir de ma générosité.

Il est bon d'encourager les gens de lettres inconnus, qui ne savent où donner de la tête. Une des plus charitables actions qu'on puisse faire en leur faveur, est de donner une tragédie au public. Tout aussi-tôt vous voyez éclore des Lettres à des Dames de qualité; Critique impartiale de la piece nouvelle; Lettre d'un ami à un ami; Examen réfléchi; Examen par scenes: & tout cela ne laisse pas de se vendre.

Mais le plus sur secret pour un honnête libraire, c'est d'avoir soin de mettre à la fin des ouvrages qu'il imprime, toutes les horreurs & toutes les bétises qu'on a imprimées contre l'auteur. Rien n'est plus propre à piquer la curiosité du lecteur & à favoriser le débit: je me souviens que parmi les détestables éditions qu'on a faites en Hollande de mes prétendus ouvrages, un éditeur habile d'Amsterdam voulant faire tomber une édition de la Haye, s'avisa d'ajouter un recueil de tout ce qu'il avoit pu ramasser contre moi. Les premiers mots de ce recueil disoient *que j'étois un chien rogneux*. Je trouvai ce livre à Magdebourg entre les mains du maître de la poste, qui ne cessoit de me dire combien il trouvoit ce petit morceau éloquent.

En dernier lieu, deux libraires d'Amsterdam pleins de probité, après avoir défiguré tant qu'ils avoient pû la Henriade & mes autres pieces, me firent l'honneur de m'écrire que si je permettois qu'on fît à

Dresde une meilleure édition de mes ouvrages qu'on avoit entrepriſe alors, ils ſeroient obligés en conſcience d'imprimer contre moi un volume d'injures atroces, avec le plus beau papier, la plus grande marge & le meilleur caractère qu'ils pourroient. Ils m'ont tenu fidèlement parole. Ils ont eu même l'attention d'envoyer leur beau recueil à un des plus reſpectables Monarques de l'Europe, à la Cour duquel j'avois alors l'honneur d'être. Le Prince a jetté leur livre au feu, en diſant qu'il falloit traiter ainſi Meſſieurs les Editeurs. Il eſt vrai qu'en France ces honnêtes gens ſeroient envoyés aux galeres. Mais ce ſeroit trop gêner le commerce qu'il faut toujours favoriſer.

DES

TITRES.

[illegible]

DES

TITRES.

En relisant Horace j'ai remarqué ce vers dans une Epitre à Mécene: *Te dulcis amice revisam.* J'iray vous voir mon cher ami. Ce Mécene étoit la seconde personne de l'Empire Romain, c'est-a-dire un homme plus considerable & plus puissant que ne l'est aujourd'hui le plus grand Monarque de l'Europe.

En relisant Corneille, j'ai remarqué que dans une lettre au grand Scuderi Gouverneur de notre Dame de la garde, il s'exprime ainsi au sujet du Cardinal de Richelieu, *Monsieur le Cardinal votre maître & le mien.* C'est peut-être la premiere fois qu'on a parlé ainsi d'un Ministre, depuis qu'il y a dans le monde des Ministres, des Rois, & des flatteurs. Le même Pierre Corneille auteur de Cinna, dedie humblement ce Cinna au Sieur de de Montauron Tresorier de l'epargne qu'il compare sans façon à Auguste. Je suis faché qu'il n'ait pas apellé Montauron Monseigneur. On conte qu'un vieil Officier qui savoit peu le protocole de la vanité, ayant écrit au Marquis de Louvois, *Monsieur*, & n'ayant point eû de réponse, lui écrivit Monseigneur ; & n'en obtint pas d'avantage, parce que le Ministre avoit encor le *Monsieur* sur le cœur. Enfin il lui écrivit, *à mon Dieu*, *mon Dieu Louvois* & au commencement de la lettre il mit *mon Dieu mon Createur*. Tout cela ne prouve-t-il pas que les Romains du bon tems étoient grands & modestes, & que nous sommes petits & vains ?

Comment vous portez-vous mon cher ami, disoit un Duc & Pair à un Gentil-homme ; à votre service mon cher ami, répondit l'autre ; & dès ce moment il eût son cher ami pour ennemi implacable. Un Grand de Portugal parloit à un Grand d'Espagne ; & lui disoit à tout moment *Votre Excellence*. Le Castillan lui répondoit, votre Courtoisie ; *vuestra merced* ; c'est le titre que l'on donne aux gens qui n'en n'ont pas. Le Portugais piqué apella l'Espagnol à son tour *Votre Courtoisie* ; l'autre lui donna alors de l'Excellence. A la fin le Portugais lassé lui dit, pourquoi me donnez-vous toujours de la Courtoisie quand je vous donne de l'Excellence ? & pourquoi m'apellez-vous Votre Excellence, quand je vous dis Votre Courtoisie ? C'est que tous les titres me sont égaux répondit humblement le Castillan, pourvu qu'il n'y ait rien d'egal entre vous & moi.

La vanité des titres ne s'introduisit dans nos climats septentrionaux de l'Europe que quand les Romains eurent faits connaissance avec ~~l'impertinence~~ la Sublimité Asiatique. Tous les Rois de l'Asie étoient, & sont encor Cousins Ger-

Germains du Soleil & de la Lune : leurs ſujets n'oſent jamais prétendre à cette alliance ; & tel Gouverneur de Province qui s'intitule, Muſcade de Conſolation & Roſe de Plaiſir, ſeroit empalé, s'il ſe diſoit parent le moins du monde de la Lune & du Soleil. Conſtantin fut je penſe le premier Empereur Romain, qui chargea l'humilité chrétienne d'une page de noms faſtueux. Il eſt vrai qu'avant lui, on donnoit du *Dieu* aux Empereurs. Mais ce mot *Dieu* ne ſignifioit rien d'aprochant de ce que nous entendons. Divus Auguſtus, Divus Trajanus, vouloient dire Saint Auguſte, Saint Trajan. On croyoit qu'il étoit de la dignité de l'Empire Romain, que l'ame de ſon Chef allât au ciel après ſa mort, & ſouvent même on acordoit le titre de Saint, de Divus, à l'Empereur, en avancement d'hoirie. C'eſt a peu près par cette raiſon, que les premiers Patriarches de l'Egliſe Chrétienne s'apelloient tous, Votre Sainteté. On les nommoit ainſi pour les faire ſouvenir de ce qu'ils devoient être.

On ſe donne quelquefois à ſoi-même des titres fort humbles pour vû qu'on en reçoive de fort honorables. Tel Abbé qui s'intitule *Frere* ſe fait apeller Monſeigneur par ſes moines. Le Pape ſe nomme Serviteur des Serviteurs de Dieu ; un bon prêtre du Holſtein écrivit un jour au Pape Pie IV. *à Pie IV. Serviteur des Serviteurs de Dieu.* Il alla enſuite à Rome ſolliciter ſon affaire, & l'inquiſition le fit mettre en priſon pour lui aprendre à écrire.

Il n'y avoit autre fois que l'Empereur qui eût le titre de Majeſté. Les autres Rois s'apelloient Votre Alteſſe, Votre Serenité, Votre Grace.

Louis XI. fut le premier en France qu'on apella communement *Majeſté*, titre non moins convenable en

éffet

effet à la dignité d'un grand Royaume héreditaire qu'à une Principauté élective. Mais on se servoit du terme d'Altesse avec les Rois de France. Long-tems après lui, & on voit encor des lettres à Henri III. dans lesquelles on lui donne ce titre. Les Etats d'Orleans ne voulurent point que la Reine Catherine de Medicis fut apellée Majesté. Mais peu à peu cette derniere dénomination prévalut. Le nom est indiférent, il n'y a que le pouvoir qui ne le soit pas.

La Chancèlerie Allemande, toujours invariable dans ses nobles usages, prétend encor ne devoir traiter tous les Rois que de Serenité, dans le fameux Traité de Westphalie, ou la France, & la Suede donnerent des loix au Saint Empire Romain. Jamais les Plenipotentiaires de l'Empereur ne présenterent de mémoires latins ou Sa Sacrée Majesté Imperiale ne traitât avec les Serenissimes Rois de France & de Suede, mais de leur côté les Français & les Suédois ne manquoient pas d'assurer que leurs Sacrées Majestés de France & de Suede avoient beaucoup de griefs contre le Serenissime Empereur. Enfin dans le Traité tout fut égal de part & d'autre. Les grands Souverains ont depuis ce tems passé dans l'opinion des peuples pour être tous égaux. Et celui qui a battu ses voisins a eû la preéminence dans l'opinion publique.

Philippe II. fut la premiere Majesté en Espagne, car la Serenité de Charles V. ne devint Majesté qu'à cause de l'Empire. Les Enfans de Philippe II, furent les premieres Altesses, & ensuite ils furent Altesses Royales. Le Duc d'Orleans frere de Louis XIII. ne prit qu'en 1631. le titre d'Altesse Royale ; alors le Prince de Condé prit celui d'Altesse Serenissime que n'oserent s'arroger les Ducs de Vandome. Le Duc de Savoye fut alors

Altesse

Alteſſe Royale, & devint enſuite Majeſté. Le Grand-Duc de Florence en fit autant à la Majeſté près, & enfin le Czar, qui n'étoit connu en Europe que ſous le nom de Grand-Duc, s'eſt déclaré Empereur, & a été reconnu pour tel.

Il n'y avoit anciennement que deux Marquis d'Allemagne, deux en France, deux en Italie. Le Marquis de Brandebourg eſt devenu Roi, & grand Roi, mais aujourd'hui nos Marquis Italiens & Français ſont d'une eſpece un peu differente. Qu'un Bourgeois Italien ait l'honneur de donner à dîner au Legat de ſa Province, & que le Legat en buvant lui diſe, *Monſieur le Marquis à votre ſanté*, le voila Marquis lui & ſes enfans à tout jamais. Qu'un provincial en France, qui poſſedera par tout bien dans ſon village la quatrieme partie d'une petite chatellenie ruinée, arrive à Paris, qu'il y faſſe un peu de fortune ou qu'il ait l'air de l'avoir faite, il s'intitule dans ſes actes, Haut & Puiſſant Seigneur, Marquis & Comte; & ſon fils ſera chez ſon notaire, Très-haut & Très-puiſſant Seigneur; & comme cette petite ambition ne nuit en rien au gouvernement ni à la ſocieté civile, on n'y prend pas garde. Quelques Seigneurs Français ſe vantent d'avoir des Barons Allemans dans leur écurie; quelques Seigneurs Allemans diſent qu'ils ont des Marquis Français dans leurs cuiſines; & il n'y a pas long-tems, qu'un étranger étant à Naples fit ſon cocher Duc. La coutume en cela eſt plus forte que l'autorité royale. Soyez peu connu à Paris, vous y ſerez Comte ou Marquis tant qu'il vous plaira; ſoyez homme de robe ou de finance & que le Roi vous donne un Marquiſat bien réel, vous ne ſerez jamais pour cela Monſieur le Marquis. Le célebre Samuel Bernard étoit plus Comte

 que

que cinq cens Comtes que nous voyons qui ne possedent pas quatre arpens de terre, le Roi avoit érigé pour lui sa Terre de Coubert en bonne Comté. S'il se fut fait annoncer dans une visite, le Comte Bernard, on auroit éclaté de rire.

Il en va tout autrement en Angleterre. Si le Roi donne à un négociant un titre de Comte ou de Baron, il reçoit sans difficulté de toute la nation le nom qui lui est propre. Les gens de la plus haute naissance, le Roi lui-même l'apellent Mylord, Monseigneur. Il en est de même en Italie: il y a le protocole des Monsignors. Le Pape lui-même leur donne ce titre. Son Medecin est Monsignor, & personne n'y trouve à redire.

En France le Monseigneur est une terrible affaire. Un Evêque n'étoit avant le Cardinal de Richelieu que mon Reverendissime Pere en Dieu; mais quand Richelieu fut Sécretaire d'Etat, étant encor Evêque de Lusson, ses confreres les Evêques, pour ne pas lui donner ce titre exclusif de Monseigneur, que les Sécretaires d'Etat commencerent à prendre, convinrent de se le donner à eux-mêmes. Cette entreprise n'essuya aucune contradiction dans le public. Mais comme c'étoit un titre nouveau que les Rois n'avoient pas donné aux Evêques, on continua dans les Edits, Déclarations, Ordonnances, & dans tout ce qui émane de la Cour, à ne les apeller que Sieurs. Et Messieurs du Conseil n'écrivent jamais à un Evêque que Monsieur.

Les

Les Ducs & Pairs ont eu plus de peine à se mettre en possession du Monseigneur. La grande Noblesse, & ce qu'on apelle la grande Robe, leur refusent tout net cette distinction. Le comble des succès de l'orgueil humain, est de recevoir des titres d'honneur de ceux qui croyent être vos égaux, mais il est bien difficile d'arriver à ce point : on trouve partout l'orgueil qui combat l'orgueil. Quand les Ducs exigerent que les pauvres Gentils-hommes leur écrivissent Monseigneur, les Présidens à Mortier en demanderent autant aux Avocats & aux Procureurs. On a connu un Président qui ne voulut pas se faire saigner, parceque son chirurgien lui avoit dit, Monsieur de quel bras voulez-vous que je vous saigne? Il y eût un vieux Conseiller de grand Chambre qui en usa plus franchement. Un plaideur lui dit *Monseigneur, Monsieur votre Secretaire....* Le Conseiller l'arrêta tout court ; vous avez dit trois sottises en trois paroles. Je ne suis point Monseigneur, mon Sécretaire n'est point Monsieur, c'est mon Clerc.

Pour terminer ce grand procès de la vanité, il faudra un jour que tout le monde soit Monseigneur dans la nation ; comme toutes les femmes, qui étoient autre fois Mademoiselle, sont actuellement Madame. Lors qu'en Espagne un mendiant rencontre un autre gueux, il lui dit, Seigneur Votre Courtoisie a-t-elle pris son chocolat? Cette maniere polie de s'exprimer éleve l'ame & conserve la dignité de l'espece.

César & Pompée s'apelloient dans le Sénat, César & Pompée. Mais ces gens là ne savoient pas vivre. Ils finissoient leurs lettres par *vale*, à Dieu, nous étions nous autres, il y a soixante ans affectionnés Serviteurs; nous sommes devenus depuis très-humbles & très-obéissans; & actuellement nous avons l'honneur de l'être. Je plains notre posterité elle ne poura que difficilement ajouter à ces belles formules.

SOT-

SOTTISE

DES

DEUX PARTS.

SOTTISE DES DEUX PARTS.

Sottise des deux parts, est comme on sait la devise de toutes les querelles, je ne parle pas ici de celles qui ont fait verser le sang; les Anabaptistes qui ravagerent la Vestphalie, les Calvinistes qui allumerent tant de guerres en France, les factions sanguinaires des Armagnacs, & des Bourguignons, le supplice de la Pucelle d'Orleans que la moitié de la France regardoit comme une heroïne céleste, & l'autre comme une sorciere; la Sorbonne qui presentoit Requete pour la faire bruler; l'assassinat du Duc d'Orleans justifié par des Docteurs; les sujets dispensés du serment de fidelité par un Decret de la sacrée Faculté; les bouraux tant de fois employés à soutenir des opinions; les buchers allumés pour des malheureux à qui on persuadoit qu'ils étoient sorciers ou héretiques; tout cela passe la sottise. Ces abominations cependant étoient du bon tems, de la bonne foi germanique, de la naïveté gauloise & j'y renvoye les honnêtes gens qui regrettent toujours les tems passés.

Je ne veux ici que me faire, pour mon édification particuliére, un petit memoire instructif des belles choses qui ont partagé les esprits de nos ayeux.

Dans l'onzieme siecle, dans ce bon tems, où nous ne connaissions ni l'art de la guerre qu'on faisoit toujours, ni celui de policer les villes, ni le commerce, ni la societé & où nous ne savions ni lire ni écrire; des gens de beaucoup d'esprit disputerent solemnellement, longuement, & vivement, sur ce qui arrivoit à la garde robbe quand on avoit rempli un dévoir sacré, dont il ne faut parler qu'avec le plus profond respect. C'est ce qu'on apella la dispute des Stercoristes. Cette querelle n'excita pas de guerre, & fut du moins par là une des plus douces impertinences de l'esprit humain.

La dispute qui partagea l'Espagne savante au même siecle sur la Version Mosarabique se termina aussi sans ravage de provinces & sans effusion de sang humain. L'esprit de Chevalerie qui regnoit alors, ne permit pas qu'on éclaircit autrement la difficulté, qu'en remettant la décision à deux nobles Chevaliers: Celui des deux Don Quichottes qui renverseroit par terre son adversaire, devoit faire triompher la version dont il étoit le tenant. Don Ruis de Martanza Chevalier du Rituel Mosarabique fit perdre les arçons au Don Quichotte du Rituel Latin, mais comme les loix de la noble Chevalerie ne décidoient pas positivement qu'un Rituel dût être proscrit, parce que son Chevalier avoit été desarçonné, on se servit d'un secret plus sur & fort en usage, pour savoir,

ſavoir, lequel des deux livres devoit être preferé ; ce fut de les jetter tous deux dans le feu. Car il n'étoit pas poſſible que le bon Rituel ne fut preſervé des flammes. Je ne ſai comment il arriva qu'ils furent brulés tous deux ; la diſpute reſta indéciſe au grand étonnement des Eſpagnols. Peu à peu le Rituel Latin eût la préference ; & s'il ſe fut préſenté par la ſuite quelque Chevalier pour ſoutenir le Moſarabique, c'eut été le Chevalier & non le Rituel qu'on eût jetté dans le feu.

Dans ces beaux ſiecles nous autres peuples polis, quand nous étions malades, nous étions obligés d'avoir recours à un Medecin Arabe ; quand nous voulions ſavoir quel jour de la lune nous avions, il falloit auſſi s'en raporter à eux. Si nous voulions faire venir une piece de drap, il falloit payer cher un Juif, & quand un laboureur avoit beſoin de pluye il s'adreſſoit à un ſorcier. Mais enfin lors que quelques uns de nous eurent apris le Latin, & que nous eumes une mauvaiſe traduction d'Ariſtote, nous figurames dans le monde avec honneur, nous paſſames trois ou quatre cens ans à dechifrer quelques pages du Stagirite, à les adorer, & à les condamner, les uns ont dit que ſans lui nous manquerions d'articles de foi ; les autres quil étoit Athée. Un Eſpagnol a prouvé qu'Ariſtote étoit un Saint, & qu'il falloit fêter ſa fête. Un concile en France a fait bruler ſes divins écrits. Des Colleges, des Univerſités, des Ordres entiers de Religieux ſe ſont anatématizés reciproquement, au ſujet de quelques paſſages de ce grand homme, que ni eux, ni les juges qui interpoſerent leur autorité, ni l'auteur n'entendirent jamais. Il y eut beaucoup de coups de poing donnés en Allemagne pour ces graves querelles ; mais enfin il n'y eût pas beaucoup de ſang répandu.

répandu. C'est dommage pour la gloire d'Aristote, qu'on n'ait pas fait la guerre civile, & donné quelques batailles rangées en faveur des Quidittés, & de l'Vniversel de la part de la chose. Nos peres se sont égorgé pour des questions qu'ils ne comprenoient pas davantage.

Il est vrai qu'un fou fort celebre nommé Occam surnommé le Docteur Invincible, chef de ceux qui tenoient pour l'Vniversel de la part de la pensée, demanda à l'Empereur Louis de Baviere qu'il deffendit sa plume par son épée imperiale, contre Scot autre fou Ecossois, surnommé le Docteur Subtil, qui batailloit pour l'Vniversel de la part de la chose. Heureusement l'épée de Louis de Baviere resta dans son foureau. Qui croiroit que ces disputes ont duré jusqu'à nos jours, & que le Parlement de Paris en 1624 a donné un bel Arrêt en faveur d'Aristote?

Vers le tems du brave Occam & de l'intrepide Scot, il s'éléva une querelle bien plus serieuse, dans laquelle les reverends Peres Cordeliers entrainerent tout le monde chrétien. C'étoit pour savoir si leur potage leur apartenoit en propre, ou s'ils n'en étoient que simples usufruitiers. La forme du capuchon, & la largeur de la manche furent encore les sujets de cette guerre sacrée. Le Pape Jean XXII, qui voulut s'en mêler, trouva à qui parler. Les Cordeliers quitterent son parti pour celui de Louis de Baviere, qui alors tira son épée. Il y eut d'ailleurs trois ou quatre Cordeliers de brulés comme héretiques. Cela est un peu fort, mais après tout, cette affaire n'ayant pas ébranlé de Trones & ruiné de Provinces, on peut la mettre au rang des sottises paisibles.

Il y

Il y en a toujours eû de cette espece. La plus part sont tombées dans le plus profond oubli ; & de quatre ou cinq cens sectes qui ont parû, il ne reste dans la memoire des hommes que celles, qui ont produit ou d'extremes desordres ou d'extremes ridicules, deux choses qu'on retient assez volontiers. Qui sait aujourd'hui s'il y a eû des Orebites, des Osmites, des Insdorfiens, qui connait les Oints & les Patissiers ; les Cornaciens, les Iscariotistes ?

Un jour en dinant chez une Dame Hollandaise, je fus charitablement averti par un des convives, de prendre bien garde à moi, & de ne me pas aviser de louer Voëtius ? je n'ai nulle envie, lui dis-je, de dire ni bien ni mal de votre Voëtius ; mais pourquoi me donnez-vous cet avis ? c'est que Madame est Cocceienne, me dit mon voisin. Helas tres volontiers, lui dis-je. Il m'ajouta qu'il y avoit encore quatre Cocceiennes en Hollande, & que c'étoit grand dommage que l'espece périt. Un tems viendra où les Jansenistes, qui ont fait tant de bruit parmi nous & qui sont ignorés par tout ailleurs, auront le sort des Cocceiens. Un vieux Docteur me disoit, Monsieur, dans ma jeunesse je me suis escrimé pour le *mandata impossibilia volentibus & conantibus.* J'ai écrit contre le Formulaire & contre le Pape, & je me suis crû Confesseur ; j'ai été mis en prison, & je me suis crû Martir. Actuellement je ne me mêle plus de rien, & je me crois raisonnable. Quelles sont vos occupations, lui dis-je. Monsieur, me répondit-il, j'aime beaucoup l'argent. C'est ainsi que presque tous les hommes dans leur vieillesse se moquent interieurement des sottises, qu'ils ont avidement embrassées dans leur jeunesse. Les sectes vieillissent comme les hommes. Celles qui n'ont pas été soutenues

tenues par de grands Princes, qui n'ont point causé de grands maux vieillissent plutôt que les autres. Ce sont des maladies épidemiques, qui passent comme la suette & la cocluche.

Il n'est plus question des pieuses reveries de Madame Guion. Ce n'est plus le livre inintelligible des maximes des Saints qu'on lit, c'est le Telemaque. On ne se souvient plus de ce que l'éloquent Bossuet écrivit contre le tendre, l'elegant, l'aimable Fenelon, on donne la préference à ses oraisons funebres. Dans toute la dispute sur ce qu'on apelloit le Quietisme, il n'y a eu de bon que l'ancien conte réchauffé de la bonne femme, qui aportoit un rechaud pour bruler le paradis, & une cruche d'eau pour éteindre le feu de l'enfer, afin qu'on ne servit plus Dieu par esperance ni par crainte. Je remarquerai seulement une singularité de ce procès, laquelle ne vaut pas le conte de la bonne femme, c'est que les Jesuites, qui étoient tant accusés en France par les Jansenistes, d'avoir été fondés par St. Ignace exprès pour détruire l'amour de Dieu, solliciterent vivement à Rome en faveur de l'amour pur de Mr. de Cambray. Il leur arriva la même chose qu'à Mr. de Langeais, qui étoit poursuivi par sa femme au Parlement de Paris, pour cause d'impuissance, & par une fille au Parlement de Rennes, pour lui avoir fait un enfant. Il falloit qu'il gagnât l'une des deux affaires; il les perdit toutes deux. L'amour pur pour lequel les Jesuites s'étoient donnés tant de mouvement, fut condamné à Rome, & ils passerent toujours à Paris pour ne vouloir pas qu'on aimât Dieu. Cette opinion étoit tellement enracinée dans les esprits, que lors qu'on s'avisa de vendre dans Paris, il y a quelques années, une taille-douce representant notre Seigneur Jesus

Jesûs Christ, habillé en Jesuite. Un plaisant (c'étoit apparemment le Loustik du parti Jansenifte,) mit ces vers au bas de l'estampe.

Admirez l'artifice extrême,

De ces Peres ingenieux;

Ils vous ont habillé comme eux,

Mon Dieu de peur qu'on ne vous aime.

A Rome, où l'on n'essuye jamais de pareilles disputes, & où l'on juge celles qui s'élevent ailleurs, on étoit fort ennuyé des querelles sur l'amour pur. Le Cardinal Carpeigne, qui étoit raporteur de l'affaire de l'Archevêque de Cambray, étoit malade & souffroit beaucoup dans une partie, qui n'est pas plus épargnée chez les Cardinaux que chez les autres hommes. Son chirurgien lui enfonçoit des petites tentes de linon qu'on apelle du cambray en Italie, comme dans beaucoup d'autres pays. Le Cardinal crioit; c'est pourtant du plus fin cambray, disoit le chirurgien. Quoi du Cambray encore là? disoit le Cardinal, n'étoit-ce pas assez d'en avoir la tête fatiguée! Heureuses les disputes qui se terminent ainsi. Heureux les hommes si tous les disputeurs de ce monde, si les héresiarques s'étoient soumis avec autant de moderation, avec une douceur aussi magnanime que le grand Archevêque de Cambray, qui n'avoit nulle envie d'être héresiarque, je ne sai pas s'il avoit raison de vouloir, qu'on aimât Dieu pour lui-même, mais Mr. Fenelon méritoit d'être aimé ainsi.

Dans les disputes purement litteraires il y a eû souvent autant d'acharnement, autant d'esprit de parti, que

que dans des querelles plus intereſſantes. On renouvelleroit, ſi on pouvoit, les factions du Cirque, qui agiterent l'Empire Romain ! Deux Actrices rivales ſont capables de diviſer une ville. Les hommes ont tous un ſecret penchant pour la faction. Si on ne peut caballer, ſe pourſuivre, ſe nuire pour des Couronnes, des Tiares, des Mitres, nous nous acharnerons les uns contre les autres pour un Danſeur, pour un Muſicien : Rameau a eû un violent parti contre lui, qui auroit voulu l'exterminer, & il n'en ſavoit rien. J'ai eû un parti plus violent contre moi & je le ſavois bien.

MEMNON.

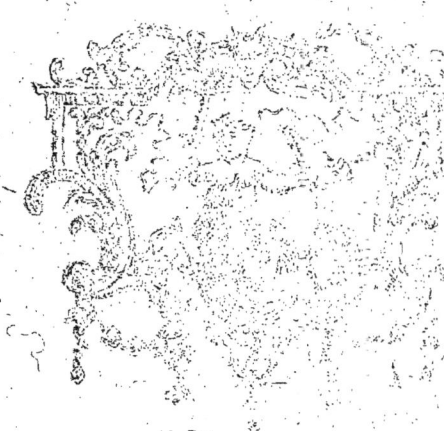

MEMNON.

Memnon conçut un jour le projet insensé d'être parfaitement sage. Il n'y a gueres d'hommes à qui cette folie n'ait quelquefois passé par la tête. Memnon se dit à lui-même, pour être très-sage & par conséquent très-heureux, il n'y a qu'à être sans passions, & rien n'est plus aisé comme on sait. Premierement je n'aimerai jamais de femme ; car en voyant une beauté parfaite, je me dirai à moi-même, ces joües-là se rideront un jour, ces beaux yeux seront bordés de rouge, cette gorge ronde deviendra platte & pendante, cette belle tête deviendra chauve. Or je n'ai qu'à la voir à présent des mêmes yeux dont je la verrai alors, & assurément cette tête ne fera pas tourner la mienne.

En second lieu je serai toujours sobre, j'aurai beau être tenté par la bonne chere, par des vins délicieux, par la séduction de la société : je n'aurai qu'à me représenter les suites des excès, une tête pesante, un estomac embarrassé, la perte de la raison, de la santé, & du tems. Je ne mangerai alors que pour le besoin, ma santé sera toujours égale, mes idées toujours pures & lumineuses. Tout cela est si facile, qu'il n'y a aucun mérite à y parvenir.

Ensuite, disoit Memnon, il faut penser un peu à ma fortune, mes desirs sont modérés, mon bien est solidement placé sur le receveur général des finances de Ninive; j'ai dequoi vivre dans l'indépendance, c'est-là le plus grand des biens. Je ne serai jamais dans la cruelle nécessité de faire ma cour: je n'envierai personne & personne ne m'enviera. Voilà qui est encore très-aisé.

J'ai des amis, continuoit-il, je les conserverai puisqu'ils n'auront rien à me disputer, je n'aurai jamais d'humeur avec eux ni eux avec moi. Cela est sans difficulté.

Ayant fait ainsi son petit plan de sagesse dans sa chambre, Memnon mit la tête à la fenêtre, il vit deux femmes qui se promenoient sous des platanes auprès de sa maison. L'une étoit vieille & paraissoit ne songer à rien. L'autre étoit jeune, jolie & sembloit fort occupée. Elle soupiroit, elle pleuroit & n'en avoit que plus de graces. Notre Sage fut touché, non pas de la beauté de la Dame, (il étoit bien sûr de ne pas sentir une telle faiblesse) mais de l'affliction où il la voyoit; il descendit, il aborda la jeune Ninivienne dans le dessein de la consoler avec sagesse. Cette belle personne lui conta de l'air le plus naïf & le plus touchant tout le mal que lui faisoit un Oncle qu'elle n'avoit point, avec quels artifices il lui avoit enlévé un bien qu'elle n'avoit jamais possédé, & tout ce qu'elle avoit à craindre de sa violence. Vous me paraissez un homme de si bon conseil, lui dit-elle, que si vous aviez la condescendance de venir jusques chez moi, & d'examiner mes affaires, je suis sure que vous me tireriez du cruel embarras où je suis. Memnon n'hésita pas à la suivre pour examiner sagement ses affaires, & pour lui donner un bon conseil.

La Dame affligée le mena dans une chambre parfumée & le fit asseoir avec elle poliment sur un large sopha, où ils se tenoient tous deux les jambes croisées vis-à-vis l'un de l'autre. La Dame parla en baissant les yeux dont il échapoit quelquefois des larmes, & qui en se relevant rencon-

rencontroient toujours les regards du ſage Memnon. Ses diſcours étoient pleins d'un attendriſſement qui redoubloit toutes les fois qu'ils ſe regardoient. Memnon prenoit ſes affaires extrêmement à cœur, & ſe ſentoit de moment en moment la plus grande envie d'obliger une perſonne ſi honnête & ſi malheureuſe. Ils ceſſerent inſenſiblement dans la chaleur de la converſation d'être vis-à-vis l'un de l'autre. Leurs jambes ne furent plus croiſées. Memnon la conſeilla de ſi près & lui donna des avis ſi tendres, qu'ils ne pouvoient ni l'un ni l'autre parler d'affaires & qu'ils ne ſavoient plus où ils en étoient.

Comme ils en étoient là, arrive l'Oncle, ainſi qu'on peut bien le penſer: Il étoit armé de la tête aux pieds, & la premiere choſe qu'il dit, fut qu'il alloit tuer comme de raiſon le ſage Memnon & ſa Niéce, la derniere qui lui échapa fut qu'il pouvoit pardonner pour beaucoup d'argent; Memnon fut obligé de donner tout ce qu'il avoit, on étoit heureux dans ce tems-là d'en être quitte à ſi bon marché, l'Amerique n'étoit pas encore découverte, & les Dames affligées n'étoient pas à beaucoup près ſi dangereuſes qu'elles le ſont aujourd'hui.

Memnon honteux & déſeſperé rentra chez lui; il y trouva un billet qui l'invitoit à diner avec quelques-uns de ſes intimes amis. Si je reſte ſeul chez moi, dit-il, j'aurai l'eſprit occupé de ma triſte avanture, je ne mangerai point, je tomberai malade. Il vaut mieux aller faire avec mes amis intimes un repas frugal. J'oublierai dans la douceur de leur ſociété la ſottiſe que j'ai faite ce matin. Il va au rendez-vous, on le trouve un peu chagrin. On le fait boire pour diſſiper ſa triſteſſe. Un peu de vin pris modérément eſt un remede pour l'ame & pour le corps. C'eſt ainſi que penſe le ſage Memnon; & il s'enivre. On lui propoſe de jouer après le repas. Un jeu reglé avec des amis eſt un paſſe-tems honnête. Il joue; on lui gagne tout ce qu'il a dans ſa bourſe & quatre fois autant ſur ſa parole. Une diſpute s'éleve ſur le jeu, on s'échauffe:

l'un de ses amis intimes lui jette à la tête un cornet & lui créve un œil. On raporte chez lui le sage Memnon, ivre, sans argent, & ayant un œil de moins.

Il cuve un peu son vin, & dès qu'il a la tête plus libre, il envoye son valet chercher de l'argent chez le receveur général des finances de Ninive pour payer ses intimes amis: on lui dit que son débiteur a fait le matin une banqueroute frauduleuse qui met en allarme cent familles. Memnon outré va à la Cour avec un emplâtre sur l'œil & un placet à la main pour demander justice au Roi contre le banqueroutier. Il rencontra dans un sallon plusieurs Dames qui portoient toutes d'un air aisé des cerceaux de vingt-quatre pieds de circonférence. L'une d'elles qui le connaissoit un peu dit en le regardant de côté: Ah l'horreur! une autre qui le connaissoit davantage lui dit, bon soir Monsieur Memnon, mais vraiment Monsieur Memnon je suis fort aise de vous voir; à propos Monsieur Memnon pourquoi avez-vous perdu un œil? Et elle passa sans attendre sa réponse. Memnon se cacha dans un coin & attendit le moment où il put se jetter aux pieds du Monarque. Ce moment arriva. Il baisa trois fois la terre & présenta son placet. Sa gracieuse Majesté le reçut très favorablement, & donna le mémoire à un de ses Satrapes pour lui en rendre compte. Le Satrape tire Memnon à part, & lui dit d'un air de hauteur en ricanant amerement; je vous trouve un plaisant borgne de vous adresser au Roi plutôt qu'à moi; & encore plus plaisant d'oser demander justice contre un honnête banqueroutier, que j'honore de ma protection, & qui est le neveu d'une femme de chambre de ma Maitresse. Abandonnez cette affaire-là, mon ami, si vous voulez conserver l'œil qui vous reste.

Memnon ayant ainsi renoncé le matin aux femmes, aux excès de table, au jeu, à toute querelle, & surtout à la Cour, avoit été avant la nuit trompé & volé par une belle Dame, s'étoit enivré, avoit joué, avoit eu une querelle, s'étoit fait crever un œil, & avoit été à la Cour où l'on s'étoit moqué de lui.

Pétri-

Pétrifié d'étonnement & navré de douleur, il s'en retourne la mort dans le cœur. Il veut rentrer chez lui; il y trouve des huissiers qui demeubloient sa maison de la part de ses créanciers. Il reste presque évanoui sous un platane, il y rencontre la belle Dame du matin qui se promenoit avec son cher Oncle, & qui éclata de rire en voyant Memnon avec son emplâtre. La nuit vint, Memnon se coucha sur de la paille auprès des murs de sa maison. La fievre le saisit; il s'endormit dans l'accès, & un Esprit céleste lui apparut en songe.

Il étoit tout resplendissant de lumière. Il avoit six belles ailes, mais ni pied ni tête ni queuë, & ne ressembloit à rien. Qui es-tu? lui dit Memnon; ton bon Génie, lui répondit l'autre. Rend-moi donc mon œil, ma santé, ma maison, mon bien, ma sagesse, lui dit Memnon. Ensuite il lui conta comment il avoit perdu tout cela en un jour. Voilà des avantures qui ne nous arrivent jamais dans le monde que nous habitons, dit l'Esprit. Et quel monde habitez-vous, dit l'homme affligé? Ma patrie, répondit-il, est à cinq cent millions de lieuës du soleil dans une petite Etoile auprès de Sirius, que tu vois d'ici. Le beau pays! dit Memnon, quoi vous n'avez point chez vous de coquines qui trompent un pauvre homme, point d'amis intimes qui lui gagnent son argent & qui lui crevent un œil, point de banqueroutiers, point de Satrapes qui se mocquent de vous en vous refusant justice: non, dit l'Habitant de l'Etoile, rien de tout cela. Nous ne sommes jamais trompés par les femmes, parceque nous n'en avons point; nous ne faisons point d'excès de table, parceque nous ne mangeons point; nous n'avons point de banqueroutiers, parce qu'il n'y a chez nous ni or ni argent; on ne peut pas nous crever les yeux, parce que nous n'avons point de corps à la façon des vôtres; & les Satrapes ne nous font jamais d'injustice, parceque dans notre petite Etoile tout le monde est égal.

Memnon lui dit alors, Monseigneur sans femme & sans

 diner

diner à quoi passez-vous votre tems? à veiller, dit le Génie, sur les autres Globes qui nous sont confiés: & je viens pour te consoler. Helas! réprit Memnon, que ne veniez-vous la nuit passée pour m'empêcher de faire tant de folies? J'étois auprès d'Assan ton frere ainé dit l'Etre céleste. Il est plus à plaindre que toi. Sa gracieuse Majesté le Roi des Indes, à la Cour duquel il a l'honneur d'être, lui a fait crever les deux yeux pour une petite indiscrétion, & il est actuellement dans un cachot les fers aux pieds & aux mains. C'est bien la peine, dit Memnon, d'avoir un bon Génie dans une famille, pour que de deux freres l'un soit borgne, l'autre aveugle, l'un couché sur la paille, l'autre en prison. Ton sort changera, reprit l'Animal de l'Etoile. Il est vrai que tu seras toujours borgne; mais, à cela près, tu seras assez heureux, pourvû que tu ne fasses jamais le sot projet d'être parfaitement sage. C'est donc une chose à laquelle il est impossible de parvenir, s'écria Memnon en soûpirant. Aussi impossible, lui repliqua l'autre, que d'être parfaitement habile, parfaitement fort, parfaitement puissant, parfaitement heureux. Nous mêmes, nous en sommes bien loin. Il y a un Globe où tout cela se trouve, mais dans les cent mille millions de Mondes qui sont dispersés dans l'étenduë, tout se suit par degrés. On a moins de sagesse & de plaisirs dans le second que dans le premier, moins dans le troisieme que dans le second. Ainsi du reste jusqu'au dernier où tout le monde est complettement fou. J'ai bien peur, dit Memnon, que notre petit Globe terraqué ne soit précisément les petites maisons de l'Univers dont vous me faites l'honneur de me parler. Pas tout-à-fait, dit l'Esprit; mais il en approche: il faut que tout soit en sa place. Eh mais, dit Memnon, certains Poëtes, certains Philosophes, ont donc grand tort de dire *Que tout est bien.* Ils ont grande raison, dit le Philosophe de là Haut en considérant l'arrangement de l'Univers entier. Ah je ne croirai cela, répliqua le pauvre Memnon, que quand je ne serai plus borgne.

LETTRES.

LETTRES.

LETTRE D'UN TURC.

Lors que j'étois dans la ville de Benares sur le rivage du Gange, ancienne patrie des Brachmanes, je tachai de m'instruire ; j'entendois passablement l'Indien, j'écoutois beaucoup & je remarquois tout ; j'étois logé chez mon correspondant Omri ; c'étoit le plus digne homme que j'aye jamais connu. Il étoit de la religion des Bramins, j'ai l'honneur d'être Musulman : jamais nous n'avons eû une parole plus haute que l'autre au sujet de Mahomet, & de Brama. Nous faisions nos ablutions chacun de nôtre côté ; nous buvions de la même limonade, nous mangions du même ris comme deux freres.

Un jour nous allames ensemble à la Pagode de Gavani. Nous y vimes plusieurs bandes de Fakirs, dont les uns étoient des Janguis, c'est à dire des Fakirs contemplatifs & les autres des disciples des anciens Gimnosofistes, qui menoient une vie active. Ils ont (comme on sait) une langue savante qui est celle des plus anciens Brachmanes ; & dans cette langue un livre qu'ils apellent le Hanscrit. C'est assurement le plus ancien livre de toute l'Asie sans en excepté le Zend.

Je passai devant un Fakir qui lisoit ce livre. Ah malheureux infidele, s'écria-t-il, tu m'as fait perdre le nombre des voyelles que je comptais; & de cette affaire-là, mon ame passera dans le corps d'un lievre, au lieu d'aller dans celui d'un perroquet, comme j'avois tout lieu de m'en flatter. Je lui donnai une Roupie pour le consoler. A quelques pas de là ayant eû le malheur d'éternuer, le bruit que je fis reveilla un Fakir qui étoit en extase; où suis-je, dit il, quelle horrible chutte! je ne vois plus le bout de mon nez: la lumiere céleste est disparue.* Si je suis cause, lui dis-je, que vous voyez enfin plus loin que le bout de votre nez, voila une Roupie pour réparer le mal que j'ai fait; reprenez votre lumiere céleste.

M'étant ainsi tiré d'affaire discretement je passai aux autres Gimnosofistes, il y en eût plusieurs, qui m'aporterent de petits clous fort jolis, pour m'enfoncer dans les bras & dans les cuisses en l'honneur de Brama. J'achetai leurs clous dont j'ai fait clouer mes tapis. D'autres dansoient sur les mains, d'autres voltigeoient sur la corde lache, d'autres alloient toujours à cloche-pied. Il y en avoit qui portoient des chaines, d'autres un bât, quelques uns avoient leur tête dans un boisseau, au demeurant les meilleurs gens du monde. Mon ami Omri me mena dans la cellule d'un des plus fameux. Il s'apelloit Bababec: il étoit nu comme un singe, & avoit au cou une grosse chaine qui pesoit plus de soixante livres. Il étoit assis sur une chaise de bois, proprement garnie de petites pointes de clous, qui lui entroient dans les fesses, & on auroit crû qu'il étoit

* Quand les Fakirs veulent voir la lumiere céleste, ce qui est très-commun parmi eux, ils tournent les yeux vers le bout de leurs nez.

étoit ſur un lit de ſatin. Beaucoup de femmes venoient le conſulter, il étoit l'oracle des familles, & on peut dire qu'il jouiſſoit d'une très-grande réputation. Je fus témoin du long entretien qu'Omri eût avec lui. Croyez-vous, lui dit-il, mon pere, qu'après avoir paſſé par l'épreuve des ſept Metempſicoſes, je puiſſe parvenir à la demeure de Brama? C'eſt ſelon, dit le Fakir; comment vivez-vous? je taché, dit Omri, d'être bon citoyen, bon mari, bon pere, bon ami; je prête de l'argent ſans intérêt aux riches dans l'occaſion; j'en donne aux pauvres; j'entretiens la paix parmi mes voiſins. Vous mettez-vous quelques fois des clous dans le cu? demanda le Bramin. Jamais, mon reverend pere; j'en ſuis faché, réplicua le Fakir, vous n'irez certainement que dans le dix neufvieme ciel; & c'eſt dommage. Comment? dit Omri, cela eſt fort honnête, je ſuis très-content de mon lot, que m'importe du dixneufvieme ou du vingtieme, pourvû que je faſſe mon devoir dans mon pélerinage, & que je ſois bien réçu au dernier gite. N'eſt-ce pas aſſez d'être honnête homme dans ce pays-ci, & d'être enſuite heureux au pays de Brama? Dans quel ciel prétendez-vous donc aller vous Monſieur Bababec, avec vos clous & vos chaines? Dans le trente-cinquieme, dit Bababec. Je vous trouve plaiſant, repliqua Omri, de prétendre être logé plus haut que moi! ce ne peut être aſſurément que l'effet d'une exceſſive ambition, vous condamnez ceux qui recherchent les honneurs dans cette vie; pourquoi en voulez-vous de ſi grands dans l'autre? & ſurquoi d'ailleurs prétendez-vous être mieux traité que moi? Sachez que je donne plus en aumônes en dix jours, que ne vous coutent en dix ans tous les clous que vous vous enfoncez dans le derriere. Brama a bien affaire que vous paſſiez la journée tout nu avec une chaine au cou? vous rendez-là un beau ſervice à la patrie. Je fais cent fois plus de cas d'un homme qui

qui seme des legumes, ou qui plante des arbres, que de tous vos camarades qui regardent le bout de leur nez, ou qui portent un bât, par excès de noblesse d'ame. Ayant parlé ainsi, Omri se radoucit, le caressa, le persuada; l'engagea enfin à laisser là ses clous & sa chaine, & à venir chez lui, mener une vie honnête; On le décrassa, on le frota d'essences parfumées, on l'habilla decemment; il vecut quinze jours d'une maniere fort sage & avoua, qu'il étoit cent fois plus heureux qu'auparavant. Mais il perdoit son crédit dans le peuple, les femmes ne venoient plus le consulter, il quitta Omri & réprit ses clous, pour avoir de la consideration.

LETTRE

LETTRE
A SON ALTESSE ROYALE
MADAME
LA PRINCESSE DE ***.

Souvent la plus belle Princeſſe
Languit dans l'age du bonheur;
L'etiquette de la grandeur,
Quand rien n'occupe & n'intereſſe,
Laiſſe un vuide affreux dans le cœur.
Souvent même un grand Roi s'étonne,
Entouré de ſujets ſoumis,
Que tout l'éclat de ſa Couronne,
Jamais en ſecret ne lui donne
Ce bonheur qu'elle avoit promis.
On croiroit que le jeu conſole,
Mais l'ennui vient à pas comptés:
A la table d'un Cavagnole*
S'aſſeoir entre des Majeſtés.
On fait triſtement grande chere
Sans dire & ſans écouter rien,
Tandis que l'hébeté vulgaire

Vous

* Jeu à la mode à la Cour.

Vous assiege, vous considere,
Et croit voir le Souverain bien.
Le lendemain quand l'Emisphere
Est brulé des feux du soleil,
On s'arrache aux bras du sommeil,
Sans savoir ce que l'on va faire.
De soi-même peu satisfait
On veut du monde; il embarasse.
Le plaisir fuit, le jour se passe
Sans savoir ce que l'on a fait.
O tems, ô perte irreparable,
Quel est l'instant ou nous vivons!
Quoi la vie est si peu durable,
Et les jours paraitroient si longs!
Princesse, au dessus de votre age,
De deux Cours auguste ornement,
Vous employez utilement
Ce tems qui si rapidement
Trompe la jeunesse volage:
Vous cultivez l'esprit charmant
Que vous a donné la nature,
Les réflexions, la lecture
En sont le solide aliment,
Et son usage est sa parure.
S'occuper c'est savoir jouir.
L'oisiveté pese & tourmente.
L'ame est un feu qu'il faut nourir,
Et qui s'éteint s'il ne s'augmente.

LETTRE

LETTRE
A SON ALTESSE SERENISSIME
MADAME
LA DUCHESSE DU MAINE,
Sur la Victoire remportée par le Roi à Lawfelt.

Auguste fille & mère de Héros,
Vous ranimez ma voix faible & cassée,
Et vous voulez que ma Muse lassée,
Comme Louis, ignore le répos.
D'un craion vrai, vous m'ordonnez de peindre
Son cœur modeste, & ses brillans exploits,
Et Cumberland, que l'on a vu deux fois
Chercher ce Roi, l'admirer & le craindre:
Mais des bons vers l'heureux tems est passé;
L'art des combats est l'art où l'on excelle:
Notre Alexandre en vain cherche un Appelle;
Louis s'éleve, & le siecle est baissé.
De Fontenoy le nom plein d'harmonie
Pouvoit au moins seconder le génie:
Boileau pâlit au seul nom de *Woërden;*
Que diroit-il, si non loin d'*Heldéren,*
Il eût fallu suivre entre les deux *Nethes*
Bathiani si sçavant en retraites?

Avec

Avec d'Eſtrée à *Roſmal* s'avancer?
La gloire parle, & Louis me réveille;
Le nom du Roi charme toujours l'oreille;
Mais que *Lavfelt* eſt rude à prononcer!
Et quel beſoin de nos Panégiriques,
Diſcours en vers, Epitres heroïques
Enregiſtrés, viſés par Crébillon *
Signés ** Marville, & jamais Apollon?

De votre fils je connais l'indulgence,
Il recevra ſans courroux mon encens;
Car la bonté, la ſœur de la vaillance,
De vos ayeux paſſa dans vos enfans:
Mais tout lecteur n'eſt pas ſi débonnaire;
Et ſi j'avois, peut-être téméraire,
Repréſenté vos fiers Carabiniers
Donnant l'exemple aux plus braves Guerriers;
Si je peignois ce ſoutien de nos Armes,
Ce petit-fils, ce rival de Condé,
Du Dieu des Vers ſi j'étois ſecondé,
Comme il le fut par le Dieu des Allarmes,
Plus d'un cenſeur, encor avec dépit,
M'accuſeroit d'en avoir trop peu dit.
Très-peu de gré, mille traits de ſatire,
Sont le loyer de quiconque oſe écrire;

Mais,

* Mr. Crébillon de l'Academie Françaiſe, examinateur des écrits en une feuille préſentés à la police.

** Mr. Feydan de Marville alors Lieutenant de Police.

Mais, pour ſon Prince, il faut ſavoir ſouffrir:
Il eſt par tout des riſques à courir;
Et la cenſure, avec plus d'injuſtice,
Va tous les jours acharner ſa malice
Sur des Héros, dont la fidélité
L'a mieux ſervi, que je ne l'ai chanté.

Allons parlez ma noble Academie,
Sur vos lauriers êtes-vous endormie?
Repréſentez ce Conquérant humain,
Offrant la paix le tonnerre à la main:
Ne louez point, Auteurs: rendez juſtice;
Et comparant aux ſiecles reculés
Le ſiecle heureux, les jours dont vous parlez,
Liſez Céſar, vous connaîtrez Maurice.

Si de l'Etat vous aimez les vengeurs,
Si la patrie eſt vivante en vos cœurs,
Voyez ce Chef, dont l'active prudence
Venge à la fois Gènes, Parme & la France:
Chantez Bellisle; élevez dans vos vers
Un monument au généreux Bouflers;
Il eſt d'un ſang qui fut l'appui du Trône;
Il eût pû l'être; & la faulx du trépas
Tranche ſes jours échapés à Bellonne
Au ſein des murs délivrés par ſon bras.

Mais quelle voix aſſez forte, aſſez tendre,
Saura gémir ſur l'héroïque cendre

De ces Héros que Mars priva du jour
Aux yeux d'un Roi, leur pere & leur amour?
O vous sur tout infortuné Baviere,
Jeune Froulay, si digne de nos pleurs,
Qui chantera votre vertu guerriere?
Sur vos tombeaux qui répandra des fleurs?

Anges des Cieux, Puissances immortelles,
Qui présidez à nos jours passagers,
Sauvez Lautrec, au milieu des dangers;
Mettez Ségur à l'ombre de vos aîles;
Déja Raucoux vit déchirer son flanc:
Ayez pitié de cet âge si tendre;
Ne versez pas les restes de ce sang
Que pour Louis il brûle de répandre:
De cent Guerriers couronnez les beaux jours;
Ne frapez pas Bonac & d'Aubeterre,
Plus accablés sous de cruels secours,
Que sous les coups des foudres de la guerre.

Mais, me dit-on, faut-il à tout propos
Donner en vers des listes de Héros?
Sachez qu'en vain l'amour de la patrie
Dicte vos vers, au vrai seul consacrés;
On flate peu ceux qu'on a célébrés,
On déplaît fort à tous ceux qu'on oublie.
Ainsi toujours le danger suit mes pas;
Il faut livrer presqu'autant de combats

Qu'en

Qu'en a causé sur l'onde, & sur la terre,
Cette Balance utile à l'Angleterre.

Cessez, cessez, digne sang de Bourbon,
De ranimer mon timide Apollon,
Et laissez-moi tout entier à l'histoire;
C'est là qu'on peut, sans génie & sans art,
Suivre Louis de l'Escaut jusqu'au Jart:
Je dirai tout, car tout est à sa gloire;
Il fait la mienne, & je me garde bien,
De ressembler à ce grand satirique
De son Héros discret historien,
Qui pour écrire un beau Panegirique
Fut bien payé, mais qui n'écrivit rien.

LETTRE* A MADEMOISELLE *** DEVENUE DEPUIS MADAME DE ***

Philis, qu'est devenu ce tems,
Où dans un fiacre promenée,
Sans laquais, sans ajustemens,
De tes seules graces ornée,
Contente d'un mauvais soupé,
Que tu changeois en ambroisie,
Tu te livrois dans ta folie,
A l'amant heureux & trompé
Qui t'avoit consacré sa vie.

Le ciel ne te donnoit alors,
Pour tout rang & pour tous tresors,
Que la douce erreur de ton âge;
Deux tetons, que le tendre amour
De ses mains t'arrondit un jour;

Un

* Cette lettre une des plus agreables de notre auteur est connue à Paris sous le titre des *Vous* & des *Tu*. Elle est adressée à la même personne dont il est parlé dans l'Epitre aux Manes de Genonville.

LETTRE A MONSEIGNEUR LE CARDINAL DU BOIS.*

Une beauté qu'on nomme Rupelmonde,
Avec qui les amours & moi
Nous courons depuis peu le monde,
Et qui nous donne à tous la loi,
Veut qu'à l'instant je vous écrive.
Ma muse, comme à vous, à lui plaire atentive
Accepte, avec transport, un si charmant emploi.

Nous arrivons, Monseigneur, dans votre Métropole, où je crois que tous les Ambassadeurs & tous les Cuisiniers de l'Europe se sont donné rendez-vous. Il semble que les Ministres d'Allemagne ne soient à Cambray que pour faire boire la santé de l'Empereur. Pour Messieurs les Ambassadeurs d'Espagne; l'un entend deux Messes par jour, l'autre dirige la Troupe des Comédiens; les Ministres Anglois envoyent beaucoup de couriers en Champagne & peu à Londres. Au reste, personne n'attend ici votre Eminence: on ne pense pas que vous quittiez le Palais-Royal pour venir visiter vos ouailles. Vous seriez trop faché, & nous aussi, s'il vous faloit quitter le Ministére pour l'Apostolat.

N 4 Puissent

* Cette lettre est de 1722. On l'a imprimée plusieurs fois, mais on la donne ici sur l'original. Madame de Rupelmonde étoit fille du Maréchal d'Alegre, mariée à un Seigneur Flamand, & mère du Marquis de Rupelmonde tué en Baviere.

A gravés de ſa main divine;
Et ces cabinets où Martin *
A ſurpaſſé l'art de la Chine;
Vos vaſes Japonnois & blancs,
Toutes ces fragiles merveilles;
Ces deux luſtres de diamans
Qui pendent à vos deux oreilles;
Ces riches carcans, ces colliers,
Et cette pompe enchantereſſe
Ne valent pas un des baiſers
Que tu donnois dans ta jeuneſſe.

LETTRE

* Martin, excellent Verniſſeur.

LETTRE
DE
MONSIEUR
DE MELON,*
Ci-devant Secrétaire du Régent du Royaume,

A
MADAME
LA COMTESSE DE VERRUE,
SUR L'APOLOGIE DU LUXE.

J'ai lu, Madame, l'ingénieuse Apologie du Luxe. Je regarde ce petit ouvrage comme une excellente leçon de Politique, cachée sous un badinage agréable. Je me flatte, d'avoir démontré dans mon Essay politique sur le Commerce, combien ce goût des Beaux-Arts, & cet emploi des richesses, cette ame d'un grand Etat, qu'on nomme Luxe, sont nécessaires pour la circulation de l'espece & pour le maintien de l'industrie; je vous regarde, Madame, comme un des grands exemples de cette vérité. Combien de familles de Paris subsistent uniquement par la protection que vous

N 5 donnez

* Cette lettre fut écrite dans le tems que la Piece du Mondain parut en 1736. On trouve le Mondain au Tome IIIme, & on y renvoye le lecteur à cette lettre de Mr. Mélon.

Puiſſent Meſſieurs du Congrès
En buvant dans cet azile,
De l'Europe aſſurer la paix!
Puiſſiez-vous aimer votre ville,
Seigneur, & n'y venir jamais!
Je ſai que vous pouvez faire des Homélies,
Marcher avec un Porte-croix,
Entonner la Meſſe par-fois,
Et marmoter des Litanies.

Donnez, donnez plûtôt des exemples aux Rois,
Uniſſez à jamais l'eſprit à la prudence,
Qu'on publie en tous lieux vos grandes actions:
Faites-vous benir de la France,
Sans donner à Cambray des bénédictions.

Souvenez-vous quelquefois, Monſeigneur, d'un homme, qui n'a en vérité d'autre regret que de ne pouvoir pas entretenir votre Eminence auſſi ſouvent qu'il le voudroit, & qui de toutes les graces que vous pouvez lui faire, regarde l'honneur de votre converſation comme la plus flateuſe.

ODE
SUR
L'INGRATITUDE.

I.

O toi, mon ſuport & ma gloire,
Que j'aime à nourrir ma mémoire
Des biens que ta vertu m'a faits!
Lorſqu'en tous lieux l'Ingratitude
Se fait une pénible étude
De l'oubli honteux des bienfaits.

II.

Doux nœuds de la reconnaiſſance,
C'eſt par vous que dès mon enfance
Mon cœur à jamais fut lié;
La voix du ſang, de la nature,
N'eſt rien qu'un languiſſant murmure,
Près de la voix de l'amitié.

III.

Eh quel eſt en effet mon pere?
Celui qui m'inſtruit, qui m'éclaire,
Dont le ſecours m'eſt aſſuré;
Et celui, dont le cœur oublie
Les biens répandus ſur ſa vie,
C'eſt-là le fils dénaturé.

IV.

donnez aux Arts ?* Que l'on cesse d'aimer les Tableaux, les Estampes, les Curiosités en toute sorte de genre ; voila vingt mille hommes, au moins, ruinés tout-d'un-coup dans Paris, & qui sont forcés d'aller chercher de l'emploi chez l'Etranger. Il est bon que dans un Canton Suisse on fasse des loix somptuaires, par la raison qu'il ne faut pas qu'un pauvre vive comme un riche : quand les Hollandois ont commencé leur commerce, ils avoient besoin d'une extrême frugalité ; mais à present que c'est la Nation de l'Europe qui a le plus d'argent, elle a besoin de luxe, &c.

ODE

* Madame la Comtesse de Verrue, mere de Madame la Princesse de Carignan, depensoit cent mille francs en curiosités, elle s'étoit formée un des beaux Cabinets de l'Europe en raretés & en tableaux. Elle rassembloit chez elle une société de Philosophes, auxquels elle fit des legs par son testament. Elle mourut avec la fermeté & la simplicité de la philosofie la plus intrépide.

De Bisſêtre au ſacré Vallon;
A-t-il l'eſpérance bizarre,
Que le bucher qu'on lui prépare
Soit fait des lauriers d'Apollon?

VIII.

Il m'a dû l'honneur & la vie,
Et dans ſon ingrate furie,
De Rufus lâche imitateur,
Avec moins d'art, & plus d'audace,
De la fange où ſa voix croace,
Il outrage ſon bienfaiteur.

VIIII.

Qu'un Hibernois,** loin de la France,
Aille enſévelir dans Bizance
Sa honte à l'abri du Croiſſant;
D'un œil tranquile & ſans colére,
Je vois ſon crime & ſa miſére,
Il n'emporte que mon argent.

X.

Mais l'ingrat dévoré d'envie,
Trompette de la calomnie,
Qui cherche à flétrir mon honneur;
Voila le raviſſeur coupable,

Voila

ſoit de l'ancienne Maiſon de M** aïant ſubſiſté long-tems des bienfaits de Mr. de Voltaire, & lui aïant èn dernier lieu emprunté deux mille livres, s'aſſocia en 1732. avec un Ecoſſois, nommé Ramſai, qui ſe diſoit auſſi des bons Ramſai, & avec un Officier Français, nommé Mornay; ils paſſérent tous trois à Conſtantinople, & ſe firent circoncire chez le Comte de Bonneval.

IV.

Ingrats, monſtres que la nature,
A paîtri d'une fange impure,
Qu'elle dédaigna d'animer,
Il manque à votre ame ſauvage,
Des humains le plus beau partage,
Vous n'avez pas le don d'aimer.

V.

Nous admirons le fier courage,
Du lion fumant de carnage,
Simbole du Dieu des Combats.
D'où vient que l'Univers déteſte
La couleuvre bien moins funeſte?
Elle eſt l'image des Ingrats.

VI.

Quel monſtre plus hideux s'avance?
La nature fuit & s'offenſe
A l'aſpect de ce vieux Giton,
Il a la rage de Zoile,
De Gacon * l'eſprit & le ſtile,
Et l'ame impure de Chauſſon.

VII.

C'eſt Desfontaines; c'eſt ce Prêtre,
Venu de Sodôme à Biſsêtre,

De

* Gacon étoit un miſerable écrivain ſatirique univerſellement mépriſé. Chauſſon fut brulé publiquement pour le même crime pour le quel l'Abbé des Fontaines fut mis à Biſsêtre.

** Un Abbé Irlandois, fils d'un chirurgien de Nantes, qui ſe diſoit

MADRIGAL

A

MADAME DE ***

SUR UN PASSAGE DE POPE.

Pope l'Anglais, ce Sage ſi vanté,
Dans ſa Morale au Parnaſſe embellie,
Dit que les Biens, les ſeuls Biens de la vie,
Sont le Repos, l'Aiſance & la Santé.
Il s'eſt trompé. Quoi! dans l'heureux partage
Des dons du Ciel faits à l'humain ſéjour,
Ce triſte Anglais n'a pas compté l'Amour?
Qu'il eſt à plaindre! Il n'eſt heureux, ni ſage.

A LA

Voila le larcin détestable,
Dont je dois punir la noirceur.

XI.

Pardon, si ma main vengeresse
Sur ce monstre un moment s'abaisse
A lancer ces utiles traits,
Et si de la douce peinture,
De ta vertu brillante & pure,
Je passe à ces sombres portraits.

XII.

Mais lorsque Virgile & le Tasse,
Ont chanté dans leur noble audace
Les Dieux de la Terre & des Mers,
Leur Muse que le Ciel inspire
Ouvre le ténebreux empire
Et peint les monstres des enfers.

MADRI-

A

MADAME DE***.

LES DEUX AMOURS.

Certain enfant qu'avec crainte on careſſe,
Et qu'on connaît à ſon malin ſouris,
Court en tous lieux précédé par les Ris;
Mais trop ſouvent ſuivi de la Triſteſſe.
Dans les cœurs des humains il entre avec ſoupleſſe;
Habite avec fierté, s'envole avec mépris.
Il eſt un autre Amour, fils craintif de l'eſtime,
Soumis dans ſes chagrins, conſtant dans ſes deſirs,
Que la Vertu ſoutient, que la Candeur anime,
Qui réſiſte aux rigueurs & croît par les plaiſirs.
De cet Amour le flambeau peut paraître
Moins éclatant; mais ſes feux ſont plus doux.
Voila le Dieu que mon cœur veut pour Maître,
Et je ne veux le ſervir que pour vous.

A LA MÊME.

En lui envoyant les Oeuvres Mystiques de Fénelon.

Quand de la Guion le charmant Directeur
Disoit au monde, aimez Dieu pour lui-même,
Oubliez-vous dans votre heureuse ardeur,
On ne crut point à cet Amour extrême ;
On le traita de chimere & d'erreur.
On se trompoit ; je connais bien mon cœur,
Et c'est ainsi, belle Eglé, qu'il vous aime.

A LA MÊME.

De votre esprit la force est si puissante,
Que vous pourriez vous passer de beauté ;
De vos attraits la trace est si piquante,
Que sans esprit vous m'auriez enchanté.
Si votre cœur ne sait pas comme on aime,
Ces dons charmans sont des dons superflus,
Un sentiment est cent fois au-dessus
Et de l'esprit, & de la beauté même.

NANINE,

OU

L'HOMME SANS PREJUGÉ.

COMEDIE EN III. ACTES

EN VERS DE DIX SILLABES.

A LA MÊME.

Tout eſt égal, & la nature ſage
Veut au niveau ranger tous les Humains:
Eſprit, raiſon, beaux yeux, charmant viſage,
Fleur de ſanté, doux loiſir, jours ſerains;
Vous avez tout, c'eſt-là votre partage.
Moi, je parais un Etre infortuné,
De la nature enfant abandonné,
Et n'avoir rien ſemble mon apanage;
Mais vous m'aimez, les Dieux m'ont tout donné.

****

PREFACE.

Cette bagatelle fut repréſentée à Paris dans l'été de 1749 parmi la foule des ſpectacles, qu' on donne à Paris tous les ans.

Dans cette autre foule beaucoup plus nombreuſe de brochures dont on eſt inondé, il en parut une dans ce tems-là qui mérite d'être diſtinguée. C'eſt une diſſertation ingénieuſe & aprofondie d'un Académicien de la Rochelle, ſur cette queſtion, qui ſemble partager depuis quelques années la Littérature ; ſavoir s'il eſt permis de faire des comédies attendriſſantes. Il paraît ſe déclarer fortement contre ce genre, dont la petite Comédie de Nanine tient beaucoup en quelques endroits. Il condamne avec raiſon tout ce qui auroit l'air d'une tragédie bourgeoiſe. En effet, que ſeroit-ce qu'une intrigue tragique entre des hommes du commun ? Ce ſeroit ſeulement avilir le cothurne ; ce ſeroit manquer à la fois l'objet de la tragédie & de la comédie, ce ſeroit une eſpece bâtarde, un monſtre né de l'impuiſſance de faire une comédie & une tragédie véritable.

Cet Académicien judicieux blâme ſur tout les intrigues romaneſques & forcées, dans ce genre de comédie où l'on veut attendrir les ſpectateurs, & qu'on apelle par dériſion comédie larmoyante. Mais dans quel genre les intrigues romaneſques & forcées peuvent-elles être admiſes ? Ne ſont-elles pas toujours un vice eſſentiel dans quelque ouvrage que ce puiſſe être ? Il conclut enfin en diſant que ſi dans une comédie l'attendriſſement peut aller quelquefois juſqu'aux larmes, il n'apartient qu'à la paſſion de l'amour de les faire répandre. Il n'entend pas ſans doute l'amour tel qu'il eſt repréſenté dans les

PREFACE.

Cette bagatelle fut représentée à Paris dans l'été de 1749, parmi la foule des spectacles, qu'on donne à Paris tous les ans.

Dans cette autre foule beaucoup plus nombreuse de brochures dont on est inondé, il en parut une dans ce tems-là qui mérite d'être distinguée. C'est une dissertation ingénieuse & approfondie d'un Académicien de la Rochelle, sur cette question, qui semble partager depuis quelques années la Littérature ; savoir, s'il est permis de faire des comédies attendrissantes. Il paroît se déclarer fortement contre ce genre, dont la petite Comédie de Nanine tient beaucoup en quelques endroits. Il condamne avec raison tout ce qui auroit l'air d'une tragédie bourgeoise. En effet, que seroit-ce qu'une intrigue tragique entre des hommes du commun ? Ce seroit seulement avilir le cothurne ; ce seroit manquer à la fois l'objet de la tragédie & de la comédie, ce seroit une espece bâtarde, un monstre né de l'impuissance de faire une comédie & une tragédie véritable.

Cet Académicien judicieux blâme sur tout les intrigues romanesques & forcées, dans ce genre de comédie où l'on veut attendrir les spectateurs, & qu'on apelle par dérision comédie larmoyante. Mais dans quel genre les intrigues romanesques & forcées peuvent-elles être admises ? Ne sont-elles pas toujours un vice essentiel dans quelque ouvrage que ce puisse être ? Il conclut enfin en disant que si dans une comédie l'attendrissement peut aller quelquefois jusqu'aux larmes, il n'apartient qu'à la passion de l'amour de les faire répandre. Il n'entend pas sans doute l'amour tel qu'il est représenté dans les

tielles au théâtre tragique. Il est resté des écrits de ce tems-là, dans lesquels on cite avec de grands éloges ces vers que dit Massinissa après la bataille de Cirthe :

J'aime plus de moitié quand je me sens aimé,
Et ma flamme s'accroît par un cœur enflammé,
Comme par une vague une vague s'irrite,
Un soupir amoureux par un autre s'excite,
Quand les chaînes d'Hymen étreignent deux esprits,
Un plaisir doit se rendre aussitôt qu'il est pris.

Cette habitude de parler ainsi d'amour influa sur les meilleurs esprits ; & ceux même, dont le génie mâle & sublime étoit fait pour rendre en tout à la tragédie son ancienne dignité se laisserent entraîner à la contagion.

On vit dans les meilleures pieces,

Un malheureux visage,
Qui d'un Chevalier Romain
Captiva le courage.

Le Héros dit à sa Maîtresse :

Adieu trop vertueux objet & trop charmant.

L'Héroïne lui répond :

Adieu trop malheureux & trop parfait amant.

Cléopatre dit qu'une Princesse

aimant sa renommée,
En avouant qu'elle aime est sure d'être aimée.

Que César :

Trace des soupirs & d'un stile plaintif,
Dans son champ de victoire il se dit son captif.

Elle ajoute, qu'il ne tient qu'à elle, d'avoir ces rigueurs & de rendre César malheureux. Sur quoi sa Confidente lui répond :

bonnes tragédies, l'amour furieux, barbare, funeste, suivi de crimes & de remords. Il entend l'amour naïf & tendre qui seul est du ressort de la comédie.

Cette réflexion en fait naître une autre, qu'on soumet au jugement des gens de lettres. C'est que dans notre nation la tragédie a commencé par s'aproprier le langage de la comédie. Si on y prend garde, l'amour dans beaucoup d'ouvrages dont la terreur & la pitié devroient être l'ame, est traité comme il doit l'être en effet dans le genre comique. La galanterie, les déclarations d'amour, la coqueterie, la naïveté, la familiarité, tout cela ne se trouve que trop chez nos Héros & nos Héroïnes de Rome & de la Grece dont nos théâtres retentissent. De sorte qu'en effet l'amour naïf & attendrissant dans une comédie, n'est point un larcin fait à Melpomene, mais c'est au contraire Melpomene qui depuis long-tems a pris chez nous les brodequins de Talie.

Qu'on jette les yeux sur les premieres tragédies qui eurent de si prodigieux succès vers le tems du Cardinal de Richelieu; la Sophonisbe de Mairet, la Mariane, l'Amour tiranique, Alcionée. On verra que l'amour y parle toujours sur un ton aussi familier & quelquefois aussi bas, que l'héroïsme s'y exprime avec un emphase ridicule. C'est peut-être la raison pour laquelle notre nation n'eut en ce tems-là aucune comédie suportable. C'est qu'en effet le théâtre tragique avoit envahi tous les droits de l'autre. Il est même vraisemblable que cette raison détermina Moliere à donner rarement aux amans qu'il met sur la scene, une passion vive & touchante, il sentoit que la tragédie l'avoit prévenu.

Depuis la Sophonisbe de Mairet, qui fut la premiere piece dans laquelle on trouva quelque régularité, on avoit commencé à regarder les déclarations d'amour des Héros, les réponses artificieuses & coquettes des Princesses, les peintures galantes de l'amour, comme des choses essentielles

tielles au théâtre tragique. Il est resté des écrits de ce tems-là, dans lesquels on cite avec de grands éloges ces vers que dit Massinissa après la bataille de Cirthe :

J'aime plus de moitié quand je me sens aimé,
Et ma flamme s'accroît par un cœur enflammé,
Comme par une vague une vague s'irrite,
Un soupir amoureux par un autre s'excite,
Quand les chaînes d'Hymen étreignent deux esprits,
Un plaisir doit se rendre aussitôt qu'il est pris.

Cette habitude de parler ainsi d'amour influa sur les meilleurs esprits ; & ceux même, dont le génie mâle & sublime étoit fait pour rendre en tout à la tragédie son ancienne dignité se laisserent entraîner à la contagion.

On vit dans les meilleures pieces,
Un malheureux visage,
Qui d'un Chevalier Romain
Captiva le courage.

Le Héros dit à sa Maîtresse :

Adieu trop vertueux objet & trop charmant.

L'Héroïne lui répond :

Adieu trop malheureux & trop parfait amant.

Cléopatre dit qu'une Princesse

aimant sa renommée,
En avouant qu'elle aime est sure d'être aimée.

Que César :

Trace des soupirs & d'un stile plaintif,
Dans son champ de victoire il se dit son captif.

Elle ajoute, qu'il ne tient qu'à elle, d'avoir des rigueurs & de rendre César malheureux. Sur quoi sa Confidente lui répond :

J'oserois bien jurer que vos charmans apas,
Se vantent d'un pouvoir dont ils n'useront pas.

Dans toutes les piéces du même Auteur qui suivent la mort de Pompée, on est obligé d'avouer que l'amour est toujours traité de ce ton familier. Mais sans prendre la peine inutile de raporter des exemples de ces défauts trop visibles, examinons seulement les meilleurs vers, que l'Auteur de Cinna ait fait débiter sur le théâtre, comme maximes de galanteries.

Il est des nœuds secrets, il est des sympathies,
Dont par le doux raport les ames assorties,
S'attachent l'une à l'autre, & se laissent piquer,
Par ce je ne sai quoi qu'on ne peut expliquer.

De bonne foi croiroit-on, que ces vers du haut comique fussent dans la bouche d'une Princesse des Parthes, qui va demander à son amant la tête de sa mere? Est-ce dans un jour si terrible qu'on parle *d'un je ne sai quoi, dont par le doux raport les ames sont assorties?* Sophocles auroit-il débité de tels Madrigaux? Et toutes ces petites sentences amoureuses ne sont-elles pas uniquement du ressort de la comédie?

Le grand homme, qui a porté à un si haut point la véritable éloquence dans les vers, qui a fait parler à l'amour un langage si touchant à la fois & si noble, a mis cependant dans ses tragédies plus d'une scene, que Boileau trouvoit plus propre de la haute Comédie de Térence que du rival & du vainqueur d'Euripide.

On pouroit citer plus de trois cens vers dans ce goût, ce n'est pas que la simplicité qui a ses charmes, la naïveté qui quelquefois même tient du sublime, ne soient nécessaires, pour servir ou de préparation, ou de liaison & de passage au pathétique. Mais si ces traits naïfs & simples apartiennent même au tragique, à plus forte raison apartiennent-ils au grand comique, c'est dans ce point

point où la tragédie s'abaisse & où la comédie s'éleve que ces deux arts se rencontrent & se touchent. C'est là seulement que leurs bornes se confondent. Et s'il est permis à Oreste & à Hermione de se dire:

Ah! ne souhaitez pas le destin de Pirrhus;
Je vous haïrois trop — vous m'en aimeriez plus,
Ah! que vous me verriez d'un regard moins contraire,
Vous me voulez aimer, & je ne peux vous plaire,
Vous m'aimeriez, Madame, en me voulant haïr;
Car enfin il vous hait, son ame ailleurs éprise,
N'a plus — qui vous l'a dit, Seigneur, qu'il me méprise,
Jugez-vous que ma vûe inspire des mépris?

Si ces Héros, dis-je, se sont exprimés avec cette familiarité, à combien plus forte raison le Misantrope est-il bien reçu à dire à sa Maîtresse avec véhémence:

Rougissez bien plutôt; vous en avez raison,
Et j'ai de surs témoins de votre trahison;
Ce n'étoit pas en vain que s'allarmoit ma flamme,
Mais ne présumez pas que sans être vengé,
Je succombe à l'afront de me voir outragé.
Ah! je ne trouverois aucun sujet de plainte,
Si pour moi votre bouche avoit parlé sans feinte,
Mon cœur n'auroit eu droit de s'en prendre qu'au sort,
Mais d'un aveu trompeur voir ma flamme aplaudie,
C'est une trahison, c'est une perfidie,
Qui ne sauroit trouver de trop grands châtimens,
Oui, je peux tout permettre à mes ressentimens;
Redoutez tout, Madame, après un tel outrage,
Je ne suis plus à moi, je suis tout à la rage,
Percé du coup mortel dont vous m'assassinez,
Mes sens par la raison ne sont plus gouvernés,

Certainement si toute la piéce du Misantrope étoit dans ce goût, ce ne seroit plus une comédie. Si Oreste & Hermione s'exprimoient toujours comme on vient de le voir, ce ne seroit plus une tragédie. Mais après que ces deux genres si différens se sont ainsi raprochés, ils rentrent chacun dans leur véritable carriere. L'un reprend le ton plaisant & l'autre le ton sublime.

La comédie encore une fois peut donc se passionner, s'emporter, attendrir pourvu qu'ensuite elle fasse rire les honnêtes gens. Si elle manquoit de comique, si elle n'étoit que larmoyante, c'est alors qu'elle seroit un genre très-vicieux, & très-désagréable.

On avoue, qu'il est rare de faire passer les spectateurs insensiblement de l'attendrissement au rire. Mais ce passage, tout difficile qu'il est de le saisir dans une comédie, n'en est pas moins naturel aux hommes. On a déja remarqué ailleurs, que rien n'est plus ordinaire que des avantures qui affligent l'ame, & dont certaines circonstances inspirent ensuite une gaieté passagere. C'est ainsi malheureusement que le genre humain est fait, Homere représente même les Dieux riant de la mauvaise grace de Vulcain, dans le tems qu'ils décident du destin du monde.

Hector sourit de la peur de son fils Astianax, tandis qu'Andromaque répand des larmes, on voit souvent jusques dans l'horreur des batailles, des incendies, de tous les désastres qui nous affligent, qu'une naïveté, un bon mot excitent le rire jusques dans le sein de la désolation & de la pitié. On défendit à un Régiment dans la bataille de Spire de faire quartier ; un Officier Allemand demande la vie à l'un des nôtres, qui lui répond: *Monsieur, demandez-moi toute autre chose, mais pour la vie il n'y a pas moyen.* Cette naïveté passe aussitôt de bouche en bouche, & on rit au milieu du carnage.

A com-

A combien plus forte raison le rire peut-il succéder dans la comédie à des sentimens touchans ? Ne s'attendrit-on pas avec Alcmene ? Ne rit-on pas avec Sozie ? Quel misérable & vain travail de disputer contre l'expérience! Si ceux qui disputent ainsi, ne se payoient pas de raison & aimoient mieux des vers, on leur citeroit ceux-ci.

L'amour régne par le délire
Sur ce ridicule univers.
Tantôt aux esprits de travers
Il fait rimer de mauvais vers,
Tantôt il renverse un empire.
L'œil en feu, le fer à la main,
Il frémit dans la Tragédie;
Non moins touchant & plus humain
Il anime la Comédie;
Il affadit dans l'Elégie;
Et dans un Madrigal badin
Il se joue aux pieds de Sylvie.
Tous les genres de Poësie,
De Virgile jusqu'à Chaulieu,
Sont aussi soumis à ce Dieu,
Que tous les états de la vie.

ACTEURS.

ACTEURS.

LE COMTE D'OLBAN, Seigneur retiré à la Campagne.

LA BARONNE DE L'ORME, Parente du Comte, femme impérieuse, aigre, difficile à vivre.

LA MARQUISE D'OLBAN, Mere du Comte.

NANINE, fille élevée à la maison du Comte.

PHILIPPE HOMBERT, Païsan du voisinage.

BLAISE, Jardinier.

GERMON, &

MARIN, Domestiques.

La Scene est dans le Château du Comte d'Olban.

NANINE,

OU

LE PREJUGÉ VAINCU.

COMEDIE.

ACTE PREMIER.

SCENE PREMIERE.

LE COMTE D'OLBAN, LA BARONNE DE L'ORME.

LA BARONNE.

Il faut parler, il faut Monsieur le Comte,
Vous expliquer nettement sur mon compte.
Ni vous ni moi n'avons un cœur tout neuf,
Vous êtes libre & depuis deux ans veuf.
Devers ce tems j'eus cet honneur moi-même:
Et nos procès dont l'embarras extrême,

Etoit

Etoit si triste & si peu fait pour nous,
Sont enterrés ainsi que mon époux.

LE COMTE.

Oui, tout procès m'est fort insuportable.

LA BARONNE.

Ne suis-je pas comme eux fort haïssable?

LE COMTE.

Qui! vous, Madame?

LA BARONNE.

Oui, moi. Depuis deux ans,
Libres tous deux, comme tous deux parens,
Pour terminer nous habitons ensemble,
Le sang, le goût, l'intérêt nous rassemble.

LE COMTE.

Ah l'intérêt! parlez mieux.

LA BARONNE.

Non, Monsieur,
Je parle bien, & c'est avec douleur,
Et je sai trop que votre ame inconstante
Ne me voit plus que comme une parente.

LE COMTE.

Je n'ai pas l'air d'un volage, je croi.

LA BARONNE.

Vous avez l'air de me manquer de foi.

LE COMTE *à part.*

Ah! . . .

LA BARONNE.

Vous savez que cette longue guerre,

Que

Que mon mari vous faisoit pour ma terre,
A dû finir en confondant nos droits
Dans un Hymen dicté par notre choix:
Votre promesse à ma foi vous engage,
Vous différez, & qui differe outrage.

LE COMTE.

J'attends ma mere.

LA BARONNE.

Elle radote; bon.

LE COMTE.

Je la respecte & je l'aime.

LA BARONNE.

Et moi, non.
Mais pour me faire un affront qui m'étonne
Assurément vous n'attendez personne,
Perfide, ingrat!

LE COMTE.

D'où vient ce grand courroux,
Qui vous a donc dit tout cela?

LA BARONNE.

Qui? Vous!
Vous, votre ton, votre air d'indifférence,
Votre conduite en un mot qui m'offense,
Qui me souleve & qui choque mes yeux.
Ayez moins tort, ou défendez-vous mieux.
Ne vois-je pas l'indignité, la honte,
L'excès, l'affront du goût qui vous surmonte!

Quoi!

Quoi! pour l'objet le plus vil, le plus bas,
Vous me trompez!

LE COMTE.

Non, je ne trompe pas.
Dissimuler n'est pas mon caractere,
J'étois à vous, vous aviez sû me plaire,
Et j'espérois avec vous retrouver
Ce que le Ciel a voulu m'enlever,
Gouter en paix dans cet heureux azile
Les nouveaux fruits d'un nœud doux & tranquille;
Mais vous cherchez à détruire vos loix.
Je vous l'ai dit, l'amour a deux carquois;
L'un est rempli de ces traits tout de flamme,
Dont la douceur porte la paix dans l'ame,
Qui rend plus purs nos goûts, nos sentimens,
Nos soins plus vifs, nos plaisirs plus touchans;
L'autre n'est plein que de fleches cruelles,
Qui répandant les soupçons, les querelles,
Rebuttent l'ame, y portent la tiédeur,
Font succéder les dégoûts à l'ardeur;
Voila les traits que vous prenez vous-même,
Contre nous deux; & vous voulez qu'on aime!

LA BARONNE.

Oui, j'aurai tort. Quand vous vous détachez,
C'est donc à moi que vous le reprochez;
Je dois souffrir vos belles incartades,
Vos procédés, vos comparaisons fades;

Qu'ai-

Qu'ai-je donc fait pour perdre votre cœur?
Que me peut-on reprocher?

LE COMTE.

Votre humeur.
N'en doutez pas; oui, la beauté, Madame,
Ne plait qu'aux yeux, la douceur charme l'ame.

LA BARONNE.

Mais êtes-vous sans humeur, vous?

LE COMTE.

Moi, non.
J'en ai sans doute, & pour cette raison
Je veux, Madame, une femme indulgente,
Dont la beauté douce & compatissante,
A mes défauts facile à se plier,
Daigne avec moi me réconcilier,
Me corriger sans prendre un ton caustique,
Me gouverner sans être tirannique,
Et dans mon cœur pénétrer pas à pas,
Comme un jour doux dans des yeux délicats;
Qui sent le joug, le porte avec murmure;
L'amour tiran est un Dieu que j'abjure:
Je veux aimer, & ne veux point servir,
C'est votre orgueil qui peut seul m'avilir.
J'ai des défauts, mais le ciel fit les femmes
Pour corriger le levain de nos ames,
Pour adoucir nos chagrins, nos humeurs,
Pour nous calmer, pour nous rendre meilleurs.

C'est là leur lot, & pour moi je préfére
Laideur affable, à beauté rude & fiere.

LA BARONNE.

C'est fort bien dit, traître, vous prétendez,
Quand vous m'outrez, m'insultez, m'excédez,
Que je pardonne en lâche complaisante
De vos amours la honte extravagante;
Et qu'à mes yeux un faux air de hauteur,
Excuse en vous les bassesses du cœur.

LE COMTE.

Comment, Madame?

LA BARONNE.

Oui, la jeune Nanine
Fait tout mon tort; un enfant vous domine,
Une servante, une fille des champs
Que j'élevai par mes soins imprudens,
Que par pitié votre facile mere,
Daigna tirer du sein de la misere.
Vous rougissez?

LE COMTE.

Moi! je lui veux du bien.

LA BARONNE.

Non, vous l'aimez, j'en suis très-sûre.

LE COMTE.

Eh bien!
Si je l'aimois, apprenez donc, Madame,
Que hautement je publierois ma flamme.

LA BA-

LA BARONNE.

Vous en êtes capable ?

LE COMTE.

Assurément.

LA BARONNE.

Vous oseriez trahir impudemment,
De votre rang toute la bienséance,
Humilier ainsi votre naissance,
Et dans la honte où vos sens sont plongés,
Braver l'honneur !

LE COMTE.

Dites les préjugés.
Je ne prends point, quoi qu'on en puisse croire,
La vanité pour l'honneur & la gloire:
L'éclat vous plait, vous mettez la grandeur
Dans des blazons, je la veux dans le cœur;
L'homme de bien, modeste avec courage,
Et la beauté spirituelle, sage,
Sans bien, sans nom, sans tous ces titres vains,
Sont à mes yeux les premiers des humains.

LA BARONNE.

Il faut au moins être bon gentil-homme.
Un vil savant, un obscur honnête homme,
Seroit chez vous pour un peu de vertu,
Comme un Seigneur avec honneur reçu.

LE COMTE.

Le vertueux auroit la préférence.

LA BARONNE.

Peut-on ſouffrir cette humble extravagance?
Ne doit-on rien, s'il vous plaît, à ſon rang.

LE COMTE.

Etre honnête homme, eſt ce qu'on doit.

LA BARONNE.

Mon ſang
Exigeroit un plus haut caractere.

LE COMTE.

Il eſt très-haut, il brave le vulgaire.

LA BARONNE.

Vous dégradez ainſi la qualité!

LE COMTE.

Non. Mais j'honore ainſi l'humanité.

LA BARONNE.

Vous êtes fou: quoi le public, l'uſage!

LE COMTE.

L'uſage eſt fait pour le mépris du ſage,
Je me conforme à ſes ordres génans
Pour mes habits, non pour mes ſentimens,
Il faut être homme, & d'une ame ſenſée
Avoir à ſoi ſes goûts & ſa penſée;
Irai-je en ſot aux autres m'informer
Qui je dois fuir, chercher, louer, blamer:
Quoi, de mon être il faudra qu'on décide?
J'ai ma raiſon, c'eſt ma mode & mon guide;
Le ſinge eſt né pour être imitateur,
Et l'homme doit agir d'après ſon cœur.

LA BA-

LA BARONNE.

Voila parler en homme libre, en sage.
Allez, aimez des filles de village;
Cœur noble & grand, soyez l'heureux rival
Du magister & du greffier fiscal,
Soutenez bien l'honneur de votre race.

LE COMTE.

Ah juste ciel, que faut-il que je fasse!

SCENE II.

LE COMTE, LA BARONNE, BLAISE.

LE COMTE.

Que veux-tu, toi?

BLAISE.

C'est votre Jardinier
Qui vient, Monsieur, humblement suplier
Votre Grandeur.

LE COMTE.

Ma Grandeur! Eh bien, Blaise,
Que te faut-il?

BLAISE.

Mais, c'est, ne vous déplaise,
Que je voudrois me marier. . . .

LE COMTE.

D'accord,
Très-volontiers. Ce projet me plait fort.

Je t'aiderai, j'aime qu'on se marie,
Et la future, est-elle un peu jolie?

BLAISE.

Ah! oui. Ma foi c'est un morceau friand.

LA BARONNE.

Et Blaise en est aimé?

BLAISE.

Certainement.

LE COMTE.

Et nous nommons cette beauté divine;

BLAISE.

Mais, c'est. . .

LE COMTE.

Eh bien. . .

BLAISE.

C'est la belle Nanine.

LE COMTE.

Nanine!

LA BARONNE.

Ah, bon! Je ne m'oppose point
A de pareils amours.

LE COMTE *à part.*

Ciel! à quel point
On m'avilit! Non, je ne le puis être.

BLAISE.

Ce parti-là doit bien plaire à mon maître.

LE

LE COMTE.

Tu dis qu'on t'aime, impudent!

BLAISE.

Ah! pardon.

LE COMTE.

T'a-t-elle dit qu'elle t'aimât?

BLAISE.

Mais. . . Non,
Pas tout à fait, elle m'a fait entendre,
Tant seulement qu'elle a pour nous du tendre,
D'un ton si bon, si doux, si familier,
Elle m'a dit cent fois, cher Jardinier,
Cher ami Blaise, aide-moi donc à faire
Un beau bouquet de fleurs qui puisse plaire
A Monseigneur, à ce Maître charmant;
Et puis d'un air si touché, si touchant,
Elle faisoit ce bouquet, & sa vûe
Etoit troublée, elle étoit toute émûe,
Toute réveuse, avec un certain air,
Un air, la, qui! peste l'on y voit clair.

LE COMTE.

Blaise, va-t'en. . . Quoi, j'aurois sû lui plaire.

BLAISE.

Ça, n'allez pas trainasser notre affaire.

LE COMTE.

Hem! . . .

BLAISE.

Vous verrez comme ce terrain-là,
Entre mes mains bientôt profitera:
Répondez donc, pourquoi ne me rien dire?

LE COMTE.

Ah! mon cœur est trop plein. Je me retire. . .
Adieu, Madame.

SCENE III.

LA BARONNE, BLAISE.

LA BARONNE.

Il l'aime comme un fou,
J'en suis certaine, & comment donc! par où?
Par quels attraits, par quelle heureuse adresse,
A-t-elle pû me ravir sa tendresse!
Nanine! ô Ciel! quel choix! quelle fureur!
Nanine! non. J'en mourrai de douleur.

BLAISE *(revenant.)*

Ah! vous parlez de Nanine.

LA BARONNE.

Insolente!

BLAISE.

Est-il pas vrai que Nanine est charmante?

LA BARONNE.

Non.

BLAISE.

BLAISE.

Eh! si fait; parlez un peu pour nous,
Protégez Blaise.

LA BARONNE.

Ah! quels horribles coups!

BLAISE.

J'ai des écus, Pierre Blaise mon pere
M'a bien laissé trois bons journaux de terre,
Tout est pour elle, écus comptans, journaux,
Tout mon avoir, & tout ce que je vaux,
Mon corps, mon cœur, tout moi-même, tout Blaise.

LA BARONNE.

Autant que toi, crois que j'en serois aise,
Mon pauvre enfant si je peux te servir;
Tous deux ce soir je voudrois vous unir,
Je lui payerai sa dot.

BLAISE.

Digne Baronne,
Que j'aimerai votre chere personne,
Que de plaisir! est-il possible?

LA BARONNE.

Hélas!
Je crains, ami, de ne réussir pas.

BLAISE.

Ah par pitié, réussissez Madame.

LA BARONNE.

Va. Plût au Ciel qu'elle devint ta femme.

Attends mon ordre.

BLAISE.

Eh! puis-je attendre!

LA BARONNE.

Va.

BLAISE.

Adieu. J'aurai ma foi cet enfant-là.

SCENE IV.

LA BARONNE (*seule.*)

Vit-on jamais une telle avanture!
Peut-on sentir une plus vive injure?
Plus lâchement se voir sacrifier?
Le Comte Olban rival d'un Jardinier!

(*à un Laquais.*)

Hola, quelqu'un. Qu'on appelle Nanine.
C'est mon malheur qu'il faut que j'examine.
Où pouroit-elle avoir pris l'art flatteur,
L'art de séduire & de garder un cœur,
L'art d'allumer un feu vif & qui dure?
Où? dans ses yeux, dans la simple nature.
Je crois pourtant que cet indigne amour,
N'a point encor osé se mettre au jour;
J'ai vû qu'Olban se respecte avec elle,
Ah! c'est encore une douleur nouvelle?

J'espére-

J'espérerois s'il se respectoit moins.
D'un amour vrai le traître a tous les soins.
Ah la voici, je me sens au supplice;
Que la nature est pleine d'injustice?
A qui va-t-elle accorder la beauté?
C'est un affront fait à la qualité,
Approchez-vous, venez Mademoiselle.

SCENE V.

LA BARONNE, NANINE.

NANINE.

Madame.

LA BARONNE.

Mais! est-elle donc si belle?
Ces grands yeux noirs ne disent rien du tout;
Mais s'ils ont dit, j'aime. . . ah je suis à bout.
Possédons-nous. . . Venez.

NANINE.

Je viens me rendre
A mon devoir.

LA BARONNE.

Vous vous faites attendre
Un peu de tems, avancez-vous. Comment!
Comme elle est mise! & quel ajustement!

Il n'est

Il n'eſt pas fait pour une créature
De votre eſpéce.

NANINE.

Il eſt vrai. Je vous jure,
Par mon reſpect, qu'en ſecret j'ai rougi
Plus d'une fois d'être vétue ainſi;
Mais c'eſt l'effet de vos bontés premieres,
De ces bontés qui me ſont toujours cheres:
De tant de ſoins vous daigniez m'honorer!
Vous vous plaiſiez vous-même à me parer.
Songez combien vous m'aviez protégée,
Sous cet habit je ne ſuis point changée:
Voudriez-vous, Madame, humilier
Un cœur ſoumis, qui ne peut s'oublier?

LA BARONNE.

Approchez-moi ce fauteuil? . . . Ah j'enrage. . .
D'où venez-vous?

NANINE.

Je liſois.

LA BARONNE.

Quel ouvrage?

NANINE.

Un livre anglais dont on m'a fait préſent.

LA BARONNE.

Sur quel ſujet?

NANINE.

Il eſt intéreſſant,

L'auteur

L'auteur prétend que les hommes ſont freres,
Nés tous égaux. Mais ce ſont des chimeres,
Je ne puis croire à cette égalité.

LA BARONNE.

Elle y croira. Quel fond de vanité!
Que l'on m'apporte ici mon écritoire. . .

NANINE.

J'y vais.

LA BARONNE.

Reſtez. Que l'on me donne à boire.

NANINE.

Quoi?

LA BARONNE.

Rien. Prenez mon éventail. . . Sortez.
Allez chercher mes gands. . . Laiſſez . . Reſtez,
Avancez-vous. . . Gardez-vous, je vous prie,
D'imaginer que vous ſoyez jolie.

NANINE.

Vous me l'avez ſi ſouvent répété,
Que ſi j'avois ce fond de vanité,
Si l'amour propre avoit gâté mon âme,
Je vous devrois ma guériſon, Madame.

LA BARONNE.

Où trouve-t-elle ainſi ce qu'elle dit?
Que je la hais! quoi, belle, & de l'eſprit!

(avec dépit.)

Ecoutez-moi. J'eus bien de la tendreſſe
Pour votre enfance.

NANINE.

NANINE.

Oui. Puisse ma jeunesse
Etre honorée encor de vos bontés.

LA BARONNE.

Eh bien, voyez si vous les méritez.
Je prétends, moi, ce jour, cette heure même,
Vous établir; jugez si je vous aime.

NANINE.

Moi!

LA BARONNE.

Je vous donne une dot. Votre Epoux,
Est fort bien fait, & très-digne de vous.
C'est un parti de tout point fort sortable;
C'est le seul même aujourd'hui convenable,
Et vous devez bien m'en remercier.
C'est en un mot Blaise le Jardinier.

NANINE.

Blaise, Madame?

LA BARONNE.

Oui. D'où vient ce sourire?
Hésitez-vous un moment d'y souscrire?
Mes offres sont un ordre, entendez-vous?
Obéissez, ou craignez mon courroux.

NANINE.

Mais...

LA BARONNE.

Apprenez qu'un *mais* est une offense,
Il vous sied bien d'avoir l'impertinence

De

De refuser un mari de ma main !
Ce cœur si simple est devenu bien vain,
Mais votre audace est trop prématurée,
Votre triomphe est de peu de durée;
Vous abusez du caprice d'un jour,
Et vous verrez quel en est le retour,
Petite ingrate, objet de ma colere,
Vous avez donc l'insolence de plaire,
Vous m'entendez ; je vous ferai rentrer
Dans le néant dont j'ai sû vous tirer:
Tu pleureras ton orgueil, ta folie,
Je te ferai renfermer pour ta vie
Dans un couvent.

NANINE.

J'embrasse vos genoux;
Renfermez-moi, mon sort sera trop doux.
Oui, des faveurs que vous vouliez me faire,
Cette rigueur est pour moi la plus chere;
Enfermez-moi dans un cloître à jamais,
J'y bénirai mon maître & vos bienfaits;
J'y calmerai des allarmes mortelles,
Des maux plus grands, des craintes plus cruelles,
Des sentimens plus dangereux pour moi,
Que ce courroux qui me glace d'effroi.
Madame, au nom de ce courroux extrême,
Délivrez-moi, s'il se peut, de moi-même,
Dès cet instant je suis prête à partir.

LA BA-

LA BARONNE.

Est-il possible ! & que viens-je d'ouir !
Est-il bien vrai ? me trompez-vous, Nanine?

NANINE.

Non. Faites-moi cette faveur divine :
Mon cœur en a trop besoin.

LA BARONNE,

(avec un emportement de tendresse.)

Leve-toi.
Que je t'embrasse, ô jour heureux pour moi.
Ma chere amie ! eh bien je vais sur l'heure,
Préparer tout pour choisir ta demeure,
Ah quel plaisir que de vivre en couvent !

NANINE.

C'est pour le moins un abri consolant.

LA BARONNE.

Non. C'est ma fille un séjour délectable.

NANINE.

Le croyez-vous ?

LA BARONNE.

Le monde est haïssable,
Jaloux.

NANINE.

Oh oui.

LA BARONNE.

Fou, méchant, vain, trompeur,
Changeant, ingrat, tout cela fait horreur.

NANINE.

Oui. J'entrevois qu'il me feroit funeste,
Qu'il faut le fuir.

LA BARONNE.

La chose est manifeste,
Un bon couvent est un port assuré:
Monsieur le Comte, ah je vous préviendrai.

NANINE.

Que dites-vous de Monseigneur?

LA BARONNE.

Je t'aime
A la fureur, & dès ce moment même,
Je voudrois bien te faire le plaisir
De t'enfermer pour ne jamais sortir.
Mais il est tard, hélas il faut attendre
Le point du jour. Ecoute, il faut te rendre
Vers le minuit dans mon appartement,
Nous partirons d'ici secrettement;
Pour ton Couvent à cinq heures sonnantes,
Sois prête au moins.

SCENE VI.

NANINE *seule.*

Quelles douleurs cuisantes?
Quel embarras! quel tourment! quel dessein!
Quels sentimens combattent dans mon sein!

 Hélas!

Hélas! je fuis le plus aimable maître,
En le fuyant je l'offense peut-être.
Mais en restant, l'excès de ses bontés
M'attireroit trop de calamités;
Dans sa maison mettroit un trouble horrible,
Madame croit qu'il est pour moi sensible,
Que jusqu'à moi ce cœur peut s'abaisser,
Je le redoute, & n'ose le penser.
De quel courroux Madame est animée?
Quoi, l'on me hait, & je crains d'être aimée?
Mais moi, mais moi! je me crains encor plus;
Mon cœur troublé, de lui-même est confus.
Que devenir? de mon état tirée,
Pour mon malheur je suis trop éclairée.
C'est un danger, c'est peut-être un grand tort
D'avoir une ame au-dessus de son sort.
Il faut partir; j'en mourrai, mais n'importe.

SCENE VII.

LE COMTE, NANINE, UN LAQUAIS.

LE COMTE.

Hola, quelqu'un, qu'on reste à cette porte,
Des siéges, vite.

Il fait la révérence à Nanine qui lui en fait une profonde.

Asséïons-nous ici.

NANINE.

NANINE.

Qui moi, Monſieur?

LE COMTE.

Oui. Je le veux ainſi,

Et je vous rends ce que votre conduite,
Votre beauté, votre vertu mérite.
Un diamant trouvé dans un déſert
Eſt-il moins beau, moins précieux, moins cher?
Quoi! vos beaux yeux ſemblent mouillés de larmes.
Ah! je le vois. Jalouſe de vos charmes,
Notre Baronne aura par ſes aigreurs,
Par ſon courroux, fait répandre vos pleurs.

NANINE.

Non, Monſieur, non, ſa bonté reſpectable
Jamais pour moi ne fut ſi favorable,
Et j'avouerai qu'ici tout m'attendrit.

LE COMTE.

Vous me charmez; je craignois ſon dépit.

NANINE.

Hélas! pourquoi?

LE COMTE.

Jeune & belle Nanine,

La jalouſie en tous les cœurs domine.
L'homme eſt jaloux dès qu'il peut s'enflâmer;
La femme l'eſt même avant que d'aimer.
Un jeune objet, beau, doux, diſcret, ſincere,
A tout ſon ſexe eſt bien ſûr de déplaire.

L'homme est plus juste, & d'un sexe jaloux
Nous vous vengeons autant qu'il est en nous.
Croyez surtout que je vous rends justice,
J'aime ce cœur qui n'a point d'artifice,
J'admire encore à quel point vous avez
Développé vos talens cultivés;
De votre esprit la naïve justesse
Me rend surpris autant qu'il m'intéresse.

NANINE.

J'en ai bien peu: Mais quoi! je vous ai vû,
Et je vous ai tous les jours entendu,
Vous avez trop rélevé ma naissance,
Je vous dois trop, c'est par vous que je pense.

LE COMTE.

Ah! croyez-moi, l'esprit ne s'apprend pas.

NANINE.

Je pense trop pour un état si bas,
Au dernier rang les destins m'ont comprise.

LE COMTE.

Dans le premier vos vertus vous ont mise.
Naïvement dites-moi quel effet
Ce livre anglais sur votre esprit a fait?

NANINE.

Il ne m'a point du tout persuadée:
Plus que jamais, Monsieur, j'ai dans l'idée
Qu'il est des cœurs si grands, si généreux,
Que tout le reste est bien vil auprès d'eux.

LE COMTE.

Vous en êtes la preuve. . . Ah ça, Nanine,
Permettez-moi qu'ici l'on vous destine
Un sort, un rang, moins indigne de vous.

NANINE.

Hélas! mon sort étoit trop haut, trop doux.

LE COMTE.

Non. Désormais soyez de la famille;
Ma mere arrive, elle vous voit en fille;
Et mon estime & sa tendre amitié
Doivent ici vous mettre sur un pié
Fort éloigné de cette indigne gêne
Où vous tenoit une femme hautaine.

NANINE.

Elle n'a fait, hélas! que m'avertir
De mes devoirs. . . Qu'ils sont durs à remplir!

LE COMTE.

Quoi? quel devoir? Ah! le votre est de plaire;
Il est rempli. Le nôtre ne l'est guere:
Il vous falloit plus d'aisance & d'éclat,
Vous n'êtes pas encor dans votre état.

NANINE.

J'en suis sortie, & c'est ce qui m'accable;
C'est un malheur peut-être irréparable.

(se levant.)

Ah, Monseigneur! ah, mon Maître! écartez
De mon esprit toutes ces vanités.

De vos bienfaits, confuse, pénétrée,
Laissez-moi vivre à jamais ignorée.
Le Ciel me fit pour un état obscur,
L'humilité n'a pour moi rien de dur.
Ah! laissez-moi ma retraite profonde
Et que ferois-je & que verrois-je au monde,
Après avoir admiré vos vertus?

LE COMTE.

Non, c'en est trop, je n'y résiste plus.
Qui? vous, obscure! vous!

NANINE.

Quoi que je fasse,
Puis-je de vous obtenir une grace?

LE COMTE.

Qu'ordonnez-vous? parlez.

NANINE.

Depuis un tems
Votre bonté me comble de présens.

LE COMTE.

Eh bien pardon. J'en agis comme un pere,
Un pere tendre à qui sa fille est chere;
Je n'ai point l'art d'embellir un présent,
Et je suis juste & ne suis point galant.
De la fortune il faut venger l'injure;
Elle vous traita mal. Mais la nature
En récompense a voulu vous doter
De tous ses biens; j'aurois dû l'imiter.

NANINE.

NANINE.

Vous en avez trop fait; mais je me flatte
Qu'il m'eſt permis ſans que je ſois ingratte,
De diſpoſer de ces dons précieux,
Que votre main rend ſi chers à mes yeux.

LE COMTE.

Vous m'outragez.

SCENE VIII.

LE COMTE, NANINE, GERMON.

GERMON.

Madame vous demande,
Madame attend.

LE COMTE.

Eh, que Madame attende.
Quoi! l'on ne peut un moment vous parler,
Sans qu'auſſitôt on vienne nous troubler?

NANINE.

Avec douleur, ſans doute, je vous laiſſe,
Mais vous ſavez qu'elle fut ma maîtreſſe.

LE COMTE.

Non, non. Jamais je ne veux le ſavoir.

NANINE.

Elle conſerve un reſte de pouvoir.

LE COMTE.

Elle n'en garde aucun, je vous assure:
Vous gémissez. . . Quoi! votre cœur murmure,
Qu'avez-vous donc?

NANINE.

Je vous quitte à regret,
Mais il le faut. . . O Ciel! c'en est donc fait.

Elle sort.

SCENE IX.

LE COMTE *seul.*

Elle pleuroit; d'une femme orgueilleuse,
Depuis long-tems l'aigreur capricieuse
La fait gémir sous trop de dureté;
Et de quel droit? par quelle autorité?
Sur ces abus ma raison se récrie.
Ce monde-ci n'est qu'une loterie
De biens, de rangs, de dignités, de droits,
Brigués sans titre, & répandus sans choix.
Eh. . .

GERMON.

Monseigneur.

LE COMTE.

Demain sur sa toilette
Vous porterez cette somme complette

De

De trois cent Louis d'or; n'y manquez pas.
Puis vous irez chercher ses gens là bas;
Ils attendront.

GERMON.

Madame la Baronne
Aura l'argent que Monseigneur me donne
Sur sa toilette.

LE COMTE.

Eh! l'esprit lourd: eh non!
C'est pour Nanine, entendez-vous?

GERMON.

Pardon.

LE COMTE.

Allez, allez, laissez-moi.

Germon sort.

Ma tendresse
Assurément n'est point une faiblesse:
Je l'idolâtre, il est vrai, mais mon cœur
Dans ses yeux seuls n'a point pris son ardeur.
Son caractere est fait pour plaire au sage,
Et sa belle ame a mon premier hommage.
Mais son état? . . . Elle est trop au-dessus.
Fut-il plus bas, je l'en aimerois plus.
Mais puis-je enfin l'épouser? Oui, sans doute.
Pour être heureux qu'est-ce donc qu'il en coûte?

D'un monde vain dois-je craindre l'écueil,
Et de mon goût me priver par orgueil?
Mais la coutume. . . Eh bien, elle eſt cruelle,
Et la nature eut ſes droits avant elle.
Eh quoi! rival de Blaiſe! pourquoi non?
Blaiſe eſt un homme. Il l'aime. Il a raiſon.
Elle fera dans une paix profonde,
Le bien d'un ſeul & les deſirs du monde.
Elle doit plaire aux Jardiniers, aux Rois,
Et mon bonheur juſtifiera mon choix.

Fin du premier Acte.

ACTE II.

SCENE I.

LE COMTE D'OLBAN *seul.*

Ah! cette nuit est une année entiere;
Que le sommeil est loin de ma paupiere!
Tout dort ici, Nanine dort en paix;
Un doux repos rafraîchit ses attraits:
Et moi je vais, je cours, je veux écrire,
Je n'écris rien. Vainement je veux lire.
Mon œil troublé voit les mots sans les voir,
Et mon esprit ne les peut concevoir.
Dans chaque mot le seul nom de Nanine
Est imprimé par une main divine.
Hola, quelqu'un, qu'on vienne. Quoi! mes gens
Sont-ils pas las de dormir si long-tems?
Germon, Marin.

MARIN *derriere le Théâtre.*

J'accours.

LE COMTE.

Quelle paresse!
Eh! venez vîte, il fait jour: le tems presse.
Arrivez donc.

MARIN.

MARIN.

Eh, Monsieur, quel lutin
Vous a sans nous éveillé si matin?

LE COMTE.

L'amour.

MARIN.

Oh, oh! la Baronne de l'Orme
Ne permet pas qu'en ce logis on dorme:
Qu'ordonnez-vous?

LE COMTE.

Je veux, mon cher Marin,
Je veux avoir au plus tard pour demain
Six chevaux neufs, un nouvel équipage,
Femme de chambre adroite, bonne & sage;
Valet de chambre, avec deux grands laquais,
Point libertins, qu'ils soient jeunes, bien faits:
Des diamans, des boucles des plus belles,
Des bijoux d'or, des étoffes nouvelles.
Parts dans l'instant, cours en poste à Paris,
Creve tous les chevaux.

MARIN.

Vous voila pris.
J'entends, j'entends. Madame la Baronne
Est la maîtresse aujourd'hui qu'on nous donne,
Vous l'épousez?

LE COMTE.

Quel que soit mon projet,
Vole & reviens.

MARIN.

Vous serez satisfait.

SCENE

SCENE II.

LE COMTE *seul.*

Quoi! j'aurai donc cette douceur extrême,
De rendre heureux, d'honorer ce que j'aime.
Notre Baronne avec fureur criera,
Très-volontiers, & tant qu'elle voudra.
Les vains discours, le monde, la Baronne,
Rien ne m'émeut, & je ne crains personne.
Aux préjugés c'est trop être soumis,
Il faut les vaincre, ils sont nos ennemis;
Et ceux qui font les esprits raisonnables,
Plus vertueux, sont les seuls respectables.
Eh mais . . . quel bruit entens-je dans ma cour?
C'est un carosse. Oui . . . mais . . . au point du jour
Qui peut venir? . . . C'est ma mere peut-être.
Germon. . .

GERMON *arrivant.*

Monsieur.

LE COMTE.

Vois ce que ce peut être.

GERMON.

C'est un carosse.

LE COMTE.

Eh qui? Par quel hazard?
Qui vient ici?

GER-

GERMON.

L'on ne vient point. L'on part.

LE COMTE.

Comment on part?

GERMON.

Madame la Baronne
Sort tout à l'heure.

LE COMTE.

Oh je le lui pardonne,
Que pour jamais puiſſe-t-elle ſortir.

GERMON.

Avec Nanine elle eſt prête à partir.

LE COMTE.

Ciel! que dis-tu? Nanine?

GERMON.

La ſuivante
Le dit tout haut.

LE COMTE.

Quoi donc?

GERMON.

Votre parente
Part avec elle. Elle va, ce matin,
Mettre Nanine à ce Couvent voiſin.

LE COMTE.

Courons, volons. Mais quoi! que vais-je faire!
Pour leur parler je ſuis trop en colere;

N'im-

N'importe : allons. Quand je devrois. . . mais non,
On verroit trop toute ma passion;
Qu'on ferme tout, qu'on vole, qu'on l'arrête,
Répondez-moi d'elle sur votre tête :
Amenez-moi Nanine.

Germon sort.

Ah juste ciel ?
On l'enlevoit. Quel jour ! quel coup mortel !
Qu'ai-je donc fait, pourquoi, par quel caprice,
Par quelle ingrate & cruelle injustice ?
Qu'ai-je donc fait hélas ! que l'adorer,
Sans la contraindre, & sans me déclarer,
Sans allarmer sa timide innocence !
Pourquoi me fuir ? je m'y perds plus j'y pense.

SCENE III.

LE COMTE, NANINE.

LE COMTE.

Belle Nanine, est-ce vous que je voi ?
Quoi vous voulez vous dérober à moi ?
Ah répondez, expliquez-vous de grace ;
Vous avez craint, sans doute, la menace
De la Baronne ; & ces purs sentimens
Que vos vertus m'inspirent dès long-tems,
Plus que jamais l'auront sans doute aigrie.
Vous n'auriez point de vous-même eû l'envie

De

De nous quitter, d'arracher à ces lieux
Leur ſeul éclat, que leur prêtoient vos yeux.
Hier au ſoir, de pleurs toute trempée,
De ce deſſein étiez-vous occupée?
Répondez donc. Pourquoi me quittiez-vous?

NANINE.

Vous me voyez tremblante à vos genoux.

LE COMTE (*la relevant.*)

Ah parlez-moi. Je tremble plus encore.

NANINE.

Madame.

LE COMTE.

Eh bien?

NANINE.

Madame, que j'honore,
Pour le Couvent n'a point forcé mes vœux.

LE COMTE.

Ce ſeroit-vous! qu'entens-je! ah malheureux!

NANINE.

Je vous l'avoue: oui, je l'ai conjurée
De mettre un frein à mon ame égarée.
... Elle vouloit, Monſieur, me marier.

LE COMTE.

Elle! à qui donc?

NANINE.

A votre Jardinier.

LE COMTE.

Le digne choix!

NANINE.

NANINE.

Et moi toute honteuſe,
Plus qu'on ne croit peut-être malheureuſe,
Moi qui repouſſe avec un vain effort
Des ſentimens au-deſſus de mon ſort,
Que vos bontés avoient trop élevée;
Pour m'en punir j'en dois être privée.

LE COMTE.

Vous? vous punir? ah Nanine! & de quoi?

NANINE.

D'avoir oſé ſoulever contre moi
Votre parente, autrefois ma maîtreſſe.
Je lui déplais, mon ſeul aſpect la bleſſe;
Elle a raiſon; & j'ai près d'elle hélas!
Un tort bien grand . . . qui ne finira pas.
J'ai craint ce tort, il eſt peut-être extrême.
J'ai prétendu m'arracher à moi-même,
Et déchirer dans les auſtérités,
Ce cœur trop haut, trop fier de vos bontés,
Venger ſur lui ſa faute involontaire.
Mais ma douleur hélas la plus amere,
En perdant tout, en courant m'éclipſer,
En vous fuyant, fut de vous offenſer.

LE COMTE, *(ſe détournant & ſe promenant.)*

Quels ſentimens, & quelle ame ingénue!
En ma faveur eſt-elle prévenue?
A-t-elle craint de m'aimer? ô vertu!

NANINE.

Cent fois pardon si je vous ai déplû.
Mais permettez qu'au fonds d'une retraite,
J'aille cacher ma douleur inquiette;
M'entretenir en secret à jamais,
De mes devoirs, de vous, de vos bienfaits.

LE COMTE.

N'en parlons plus. Ecoutez : la Baronne
Vous favorise, & noblement vous donne
Un domestique, un rustre pour époux;
Moi j'en sai un moins indigne de vous.
Il est d'un rang fort au-dessus de Blaise,
Jeune, honnête homme, il est fort à son aise;
Je vous réponds qu'il a des sentimens;
Son caractere est loin des mœurs du tems;
Et je me trompe, ou pour vous j'envisage
Un destin doux, un excellent ménage.
Un tel parti flatte-t-il votre cœur?
Vaut-il pas bien le Couvent?

NANINE.

Non Monsieur,
Ce nouveau bien que vous daignez me faire,
Je l'avouerai, ne peut me satisfaire;
Vous pénétrez mon cœur reconnaissant;
Daignez y lire, & voyez ce qu'il sent;
Voyez sur quoi ma retraite se fonde,
Un Jardinier, un Monarque du monde,

Qui

Qui pour époux s'offriroit à mes vœux,
Egalement me déplairoient tous deux.

LE COMTE.

Vous décidez mon sort. Eh bien Nanine;
Connaissez donc celui qu'on vous destine;
Vous l'estimez; il est sous votre loi,
Il vous adore, & cet époux . . . c'est moi.
L'étonnement, le trouble l'a saisie.
Ah parlez-moi, disposez de ma vie,
Ah reprenez vos sens trop agités.

NANINE.

Qu'ai-je entendu!

LE COMTE.

Ce que vous méritez.

NANINE.

Quoi vous m'aimez ... ah gardez-vous de croire,
Que j'ose user d'une telle victoire.
Non, Monsieur, non, je ne souffrirai pas
Qu'ainsi pour moi vous descendiez si bas;
Un tel hymen est toujours trop funeste,
Le goût se passe, & le repentir reste.
J'ose à vos pieds attester vos ayeux,
Hélas sur moi ne jettez point les yeux.
Vous avez pris pitié de mon jeune âge;
Formé par vous, ce cœur est votre ouvrage,
Il en seroit indigne désormais,
S'il acceptoit le plus grand des bienfaits,

Oui, je vous dois des refus, oui, mon ame
Doit s'immoler.

LE COMTE.

Non, vous ferez ma femme:
Quoi! tout à l'heure, ici vous m'affuriez,
Vous l'avez dit, que vous refuferiez
Tout autre époux, fut-ce un prince.

NANINE.

Oui fans doute,
Et ce n'eft pas ce refus qui me coûte.

LE COMTE.

Mais me haïffez-vous?

NANINE.

Aurois-je fui;
Craindrois-je tant, fi vous étiez haï?

LE COMTE.

Ah! ce mot feul a fait ma deftinée.

NANINE.

Eh! que prétendez-vous?

LE COMTE.

Notre hyménée.

NANINE.

Songez.

LE COMTE.

Je fonge à tout.

NANINE.

Mais prévoyez.

LE COMTE.

Tout est prévû.

NANINE.

Si vous m'aimez, croyez.

LE COMTE.

Je crois former le bonheur de ma vie.

NANINE.

Vous oubliez.

LE COMTE.

Il n'est rien que j'oublie.
Tout sera prêt & tout est ordonné.

NANINE.

Quoi malgré moi votre amour obstiné.

LE COMTE.

Oui, malgré vous ma flamme impatiente,
Va tout presser pour cette heure charmante;
Un seul instant je quitte vos attraits,
Pour que mes yeux n'en soient privés jamais;
Adieu, Nanine, adieu vous que j'adore.

SCENE IV.

NANINE *seule.*

Ciel est-ce un rêve! & puis-je croire encore,
Que je parvienne au comble du bonheur!
Non, ce n'est pas l'excès d'un tel honneur,

Tout grand qu'il est, qui me plait & me frappe:
A mes regards tant de grandeur échappe.
Mais épouser ce mortel généreux,
Lui, cet objet de mes timides vœux,
Lui que j'avois tant craint d'aimer; que j'aime,
Lui qui m'éleve au-dessus de moi-même;
Je l'aime trop pour pouvoir l'avilir;
Je devrois . . . non, je ne peux plus le fuir,
Non, mon état ne sauroit se comprendre.
Moi l'épouser? quel parti dois-je prendre?
Le ciel pourra m'éclairer aujourd'hui,
Dans ma faiblesse il m'envoye un appui.
Peut-être même. . . . Allons, il faut écrire,
Il faut . . . par où commencer, & que dire?
Quelle surprise? écrivons promptement,
Avant d'oser prendre un engagement.

Elle se met à écrire.

SCENE V.

NANINE, BLAISE.

BLAISE.

Ah! la voici. Madame la Baronne,
En ma faveur vous a parlé, mignonne.
Ouais. Elle écrit sans me voir seulement.

NANINE

NANINE *écrivant toujour.*

Blaiſe, bon jour.

BLAISE.

Bon jour eſt ſec vraiment.

NANINE *écrivant.*

A chaque mot mon embarras redouble,
Toute ma Lettre eſt pleine de mon trouble.

BLAISE.

Le grand génie! elle écrit tout courant;
Qu'elle a d'eſprit! & que n'en ai-je autant!
Ça, je diſois,

NANINE.

Eh bien?

BLAISE.

Elle m'impoſe
Par ſon maintien; devant elle je n'oſe
M'expliquer . . . la . . . tout comme je voudrois:
Je ſuis venu cependant tout exprès.

NANINE.

Cher Blaiſe, il faut me rendre un grand ſervice.

BLAISE.

Oh! deux plutôt.

NANINE.

Je te fais la juſtice
De me fier à ta diſcrétion,
A ton bon cœur.

BLAISE.

Oh! parlez ſans façon:

 Car,

Car, voyez-vous, Blaise est prêt à tout faire,
Pour vous servir, vîte, point de mistere.

NANINE.

Tu vas souvent au village prochain,
A Rémival, à droite du chemin.

BLAISE.

Oui.

NANINE.

Pourrois-tu trouver dans ce village
Philippe Hombert?

BLAISE.

Non. Quel est ce visage?
Philippe Hombert? je ne connais pas ça.

NANINE.

Hier au soir je crois qu'il arriva;
Informe-t'en. Tâche de lui remettre,
Mais sans délai, cet argent, cette Lettre.

BLAISE.

Oh! de l'argent.

NANINE.

Donne aussi ce paquet,
Monte à cheval pour avoir plutôt fait:
Parts, & sois sûr de ma reconnaissance.

BLAISE.

J'irois pour vous au fin fond de la France.
Philippe Hombert est un heureux manant,
La bourse est pleine: ah! que d'argent comptant!
Est-ce une dette?

NANINE.

NANINE.

Elle est très-avérée;
Il n'en est point, Blaise, de plus sacrée;
Ecoute. Hombert est peut-être inconnu,
Peut-être même il n'est pas revenu.
Mon cher ami, tu me rendras ma Lettre,
Si tu ne peux en ses mains la remettre.

BLAISE.

Mon cher ami!

NANINE.

Je me fie à ta foi.

BLAISE.

Son cher ami!

NANINE.

Vas, j'attends tout de toi.

SCENE VI.

BLAISE.

D'où diable vient cet argent! quel message!
Il nous auroit aidés dans le ménage.
Allons, elle a pour nous de l'amitié,
Et ça vaut mieux que de l'argent, morgué:
Courons, courons.

(Il met l'argent & le paquet dans sa poche: il rencontre la Baronne & la beurre.)

LA BARONNE.

Eh, le butor! . . . arrête.

L'étourdi m'a pensé casser la tête.

BLAISE.

Pardon, Madame.

LA BARONNE.

Où vas-tu? que tiens-tu?

Que fait Nanine? As-tu rien entendu?

Monsieur le Comte est-il bien en colere?

Quel billet est-ce là?

BLAISE.

C'est un mistere.

Peste!

LA BARONNE.

Voyons.

BLAISE.

Nanine gronderoit.

LA BARONNE.

Comment dis-tu? Nanine! Elle pourroit

Avoir écrit, te charger d'un message?

Donne, ou je romps soudain ton mariage.

Donne, te dis-je.

BLAISE *riant.*

Oh, oh.

LA BARONNE.

De quoi ris-tu?

BLAISE *riant encore.*

Ah, ah.

LA

LA BARONNE

J'en veux savoir le contenu;

Elle décachete la Lettre.

Il m'intéresse, ou je suis bien trompée.

BLAISE *vient encore.*

Ah, ah, ah, ah, qu'elle est bien attrapée!
Elle n'a là qu'un chiffon de papier:
Moi j'ai l'argent, & je m'en vais payer
Philippe Hombert; faut servir sa maîtresse.
Courons.

SCENE VII.

LA BARONNE (*seule.*)

Lisons. „Ma joie & ma tendresse
„Sont sans mesure, ainsi que mon bonheur;
„Vous arrivez, quel moment pour mon cœur!
„Quoi! je ne puis vous voir & vous entendre,
„Entre vos bras je ne puis me jetter!
„Je vous conjure au moins de vouloir prendre
„Ces deux paquets; daignez les accepter.
„Sachez qu'on m'offre un sort digne d'envie
„Et dont il est permis de s'éblouir;
„Mais il n'est rien que je ne sacrifie
„Au seul mortel que mon cœur doit cherir.
Ouais. Voila donc le stile de Nanine!
Comme elle écrit, l'innocente orpheline!

Comme

Comme elle fait parler la passion!
En vérité ce billet est bien bon.
Tout est parfait, je ne me sens pas d'aise.
Ah, ah, rusée, ainsi vous trompiez Blaise!
Vous m'enleviez en secret mon amant,
Vous avez feint d'aller dans un couvent,
Et tout l'argent que le Comte vous donne,
C'est pour Philippe Hombert? Fort bien friponne,
J'en suis charmée, & le perfide amour.
Du Comte Olban méritoit bien ce tour.
Je m'en doutois, que le cœur de Nanine
Etoit plus bas que sa basse origine.

SCENE VIII.

LE COMTE, LA BARONNE.

LA BARONNE.

Venez, venez, homme à grands sentimens,
Homme au-dessus des préjugés du tems,
Sage amoureux, philosophe sensible,
Vous allez voir un trait assez risible.
Vous connaissez sans doute à Réminval,
Monsieur Philippe Hombert votre rival.

LE COMTE.

Ah! quels discours vous me tenez!

LA BARONNE.

Peut-être

Ce billet-là vous le fera connaître.
Je crois qu'Hombert est un fort beau garçon.

LE COMTE.

Tous vos efforts ne sont plus de saison,
Mon parti pris, je suis inébranlable.
Contentez-vous du tour abominable
Que vous vouliez me jouer ce matin.

LA BARONNE.

Ce nouveau tour est un peu plus malin.
Tenez, lisez. Ceci pourra vous plaire,
Vous connaîtrez les mœurs, le caractere
Du digne objet qui vous a subjugué.

Tandis que le Comte lit,

Tout en lisant il me semble intrigué.
Il a pâli, l'affaire émeut sa bile. . .
Eh bien, Monsieur, que pensez-vous du stile?
Il ne voit rien, ne dit rien, n'entend rien:
Oh, le pauvre homme! il le méritoit bien.

LE COMTE.

Ai-je bien lû? Je demeure stupide:
O tour affreux, sexe ingrat, cœur perfide!

LA BARONNE.

Je le connais, il est né violent,
Il est prompt, ferme, il va dans un moment
Prendre un parti.

SCENE IX.

LE COMTE, LA BARONNE, GERMON.

GERMON.

Voici dans l'avenue
Madame Olban.

LA BARONNE.

La vieille est revenue?

GERMON.

Madame votre mere, entendez-vous?
Est près d'ici, Monsieur.

LA BARONNE.

Dans son courroux
Il est devenu sourd. La lettre opere.

GERMON *criant.*

Monsieur.

LE COMTE.

Plait-il?

GERMON *haut.*

Madame votre mere,
Monsieur.

LE COMTE.

Que fait Nanine en ce moment?

GERMON.

Mais . . . elle écrit dans son appartement.

LE COMTE *d'un air froid & sec.*

Allez saisir ses papiers, allez prendre
Ce qu'elle écrit, vous viendrez me le rendre;
Qu'on la renvoie à l'instant.

GERMON.

Qui, Monsieur?

LE COMTE.

Nanine.

GERMON.

Non, je n'aurai pas ce cœur:
Si vous saviez à quel point sa personne
Nous charme tous, comme elle est noble, bonne!

LE COMTE.

Obéissez ou je vous chasse.

GERMON.

Allons.

Il sort.

SCENE X.

LE COMTE, LA BARONNE.

LA BARONNE.

Ah! je respire, enfin nous l'emportons:
Vous devenez un homme raisonnable.
Ah ça, voyez s'il n'est pas véritable

Qu'on

Qu'on tient toujours de son premier état,
Et que les gens dans un certain éclat,
Ont un cœur noble, ainsi que leur personne?
Le sang fait tout, & la naissance donne
Des sentimens à Nanine inconnus.

LE COMTE.

Je n'en crois rien; mais soit, n'en parlons plus,
Réparons tout; le plus sage, en sa vie,
A quelquefois ses accès de folie:
Chacun s'égare, & le moins imprudent
Est celui-là qui plutôt se repent.

LA BARONNE.

Oui.

LE COMTE.

Pour jamais cessez de parler d'elle.

LA BARONNE.

Très-volontiers.

LE COMTE.

Ce sujet de querelle
Doit s'oublier.

LA BARONNE.

Mais vous, de vos sermens
Souvenez-vous.

LE COMTE.

Fort bien. Je vous entends,
Je les tiendrai.

LA BARONNE.

Ce n'est qu'un prompt hommage

Qui

Qui peut ici réparer mon outrage.
Indignement notre hymen différé
Est un affront.

LE COMTE.

Il sera réparé.
Madame, il faut.

LA BARONNE.

Il ne faut qu'un Notaire.

LE COMTE.

Vous savez bien . . . que j'attendois ma mere.

LA BARONNE.

Elle est ici.

SCENE XI.

LA MARQUISE, LE COMTE, LA BARONNE.

LE COMTE *à sa mere.*

Madame, j'aurois dû.

à part. *à sa mere.*

Philippe Hombert! . . . Vous m'avez prévenu,
Et mon respect, mon zêle, ma tendresse. . .

à part.

Avec cet air innocent, la traîtresse!

LA MARQUISE.

Mais vous extravaguez, mon très-cher fils.
On m'avoit dit en passant par Paris,

Que vous aviez la tête un peu frappée,
Je m'apperçois qu'on ne m'a pas trompée,
Mais ce mal-là,

LE COMTE.

Ciel, que je suis confus!

LA MARQUISE.

Prend-il souvent?

LE COMTE.

Il ne me prendra plus.

LA MARQUISE.

Ça, je voudrois ici vous parler seule.

faisant une petite révérence à la Baronne.

Bon jour, Madame.

LA BARONNE *à part.*

Hom. La vieille bégueule.
Madame, il faut vous laisser le plaisir
D'entretenir Monsieur tout à loisir.
Je me retire.

Elle sort.

SCENE XII.

LA MARQUISE, LE COMTE.

LA MARQUISE.

parlant fort vîte & d'un ton de petite vieille babillarde.

Eh bien, Monsieur le Comte,
Vous faites donc à la fin votre compte

De

De me donner la Baronne pour bru;
C'eſt ſur cela que j'ai vîte accouru.
Votre Baronne eſt une acariâtre,
Impertinente, altiere, opiniâtre,
Qui n'eut jamais pour moi le moindre égard.
Qui l'an paſſé, chez la Marquiſe Agard,
En plein ſouper me traita de bavarde;
D'y plus ſouper déſormais Dieu m'en garde.
Bavarde, moi! je ſais d'ailleurs très-bien
Qu'elle n'a pas, entre-nous, tant de bien:
C'eſt un grand point, il faut qu'on s'en informe;
Car on m'a dit que ſon château de l'Orme
A ſon mari n'appartient qu'à moitié;
Qu'un vieux procès, qui n'eſt pas oublié,
Lui diſputoit la moitié de la terre.
J'ai ſû cela de feu votre grand pere:
Il diſoit vrai; c'étoit un homme lui.
On n'en voit plus de ſa trempe aujourd'hui.
Paris eſt plein de ces petits bouts d'homme,
Vains, fiers, fous, ſots, dont le caquet m'aſſomme,
Parlant de tout avec l'air empreſſé,
Et ſe moquant toujours du tems paſſé.
J'entends parler de nouvelle cuiſine,
De nouveaux goûts; on creve, on ſe ruine:
Les femmes ſont ſans frein, & les maris
Sont des bénets. Tout va de pis en pis.

LE COMTE *relisant le billet.*

Qui l'auroit crû? Ce trait me désespere.
Eh bien, Germon?

SCENE XIII.

LA MARQUISE, LE COMTE, GERMON.

GERMON.

Voici votre Notaire.

LE COMTE.

Oh! qu'il attende.

GERMON.

Eh! voici le papier,
Qu'elle devoit, Monsieur, vous envoyer.

LE COMTE *lisant.*

Donne . . . fort bien. Elle m'aime, dit-elle,
Et par respect me refuse! . . . Infidelle!
Tu ne dis pas la raison du refus!

LA MARQUISE.

Ma foi, mon fils a le cerveau perclus;
C'est sa Baronne, & l'amour le domine.

LE COMTE *à Germon.*

M'a-t-on bientôt délivré de Nanine?

GERMON.

Hélas! Monsieur, elle a déja repris
Modestement ses champêtres habits,

Sans

Sans dire un mot de plainte & de murmure.

LE COMTE.

Je le crois bien.

GERMON.

Elle a pris cette injure
Tranquillement, lorſque nous pleurons tous.

LE COMTE.

Tranquillement?

LA MARQUISE.

Hem! de qui parlez-vous?

GERMON.

Nanine, hélas! Madame, que l'on chaſſe,
Tout le château pleure de ſa disgrace.

LA MARQUISE.

Vous la chaſſez; je n'entends point cela:
Quoi! ma Nanine? Allons, rapellez-la.
Qu'a-t-elle fait ma charmante orpheline?
C'eſt moi, mon fils, qui vous donnai Nanine:
Je me ſouviens qu'à l'âge de dix ans,
Elle enchantoit tout le monde céans.
Notre Baronne ici la prit pour elle,
Et je prédis dès lors que cette belle
Seroit fort mal, & j'ai très-bien prédit:
Mais j'eus toujours chez vous peu de crédit.
Vous prétendez tout faire à votre tête,
Chaſſer Nanine, eſt un trait malhonnête.

LE COMTE.

Quoi! ſeule, à pied, ſans ſecours, ſans argent!

GERMON.

Ah! j'oubliois de dire qu'à l'inſtant
Un vieux bon homme à vos gens ſe préſente:
Il dit que c'eſt une affaire importante
Qu'il ne ſauroit communiquer qu'à vous,
Il veut, dit-il, ſe mettre à vos genoux.

LE COMTE.

Dans le chagrin où mon cœur s'abandonne,
Suis-je en état de parler à perſonne?

LA MARQUISE.

Ah! vous avez du chagrin, je le croi,
Vous m'en donnez auſſi beaucoup à moi:
Chaſſer Nanine, & faire un mariage
Qui me déplait! non, vous n'êtes pas ſage.
Allez, trois mois ne seront pas paſſés,
Que vous ſerez l'un de l'autre laſſés.
Je vous prédis la pareille avanture
Qu'à mon couſin le Marquis de Marmure.
Sa femme étoit aigre comme verjus,
Mais entre-nous, la votre l'eſt bien plus.
En s'épouſant ils crurent qu'ils s'aimerent,
Deux mois après tous deux ſe ſéparerent.
Madame alla vivre avec un galant
Fat, petit-maître, eſcroc, extravagant;
Et Monſieur prit une franche coquette,

Une

Une intrigante & friponne parfaite.
Des soupers fins, la petite maison,
Chevaux, habits, maître d'hôtel fripon,
Bijoux nouveaux pris à crédit, Notaires,
Contrats vendus & dettes usuraires:
Enfin, Monsieur & Madame en deux ans,
A l'hôpital allérent tout d'un tems.
Je me souviens encor d'une autre histoire
Bien plus tragique, & difficile à croire.
C'étoit.

LE COMTE.

Ma mere, il faut aller dîner.
Venez. . . . O Ciel! ai-je pû soupçonner
Pareille horreur!

LA MARQUISE.

Elle est épouvantable.
Allons, je vais la raconter à table.
Et vous pourrez tirer un grand profit,
En tems & lieu, de tout ce que j'ai dit.

Fin du second Acte.

ACTE III.

SCENE PREMIERE.

NANINE, *vêtue en païsanne.* GERMON.

GERMON.

Nous pleurons tous en vous voyant sortir.

NANINE.

J'ai tardé trop, il est tems de partir.

GERMON.

Quoi! pour jamais & dans cet équipage?

NANINE.

L'obscurité fut mon premier partage.

GERMON.

Quel changement! Quoi, du matin au soir!
Souffrir n'est rien, c'est tout que de déchoir.

NANINE.

Il est des maux mille fois plus sensibles.

GERMON.

J'admire encor des regrets si paisibles:
Certes, mon maître est bien mal avisé;
Notre Baronne a sans doute abusé
De son pouvoir, & vous fait cet outrage:
Jamais Monsieur n'auroit eu ce courage.

NANINE.

NANINE.

Je lui dois tout: il me chasse aujourd'hui,
Obéissons. Ses bienfaits sont à lui,
Il peut user du droit de les reprendre.

GERMON.

A ce trait-là qui diable eût pû s'attendre?
En cet état qu'allez-vous devenir?

NANINE.

Me retirer, long-tems me repentir.

GERMON.

Que nous allons haïr notre Baronne!

NANINE.

Mes maux sont grands, mais je les lui pardonne.

GERMON.

Mais que dirai-je au moins de votre part
A notre maître après votre départ?

NANINE.

Vous lui direz que je le remercie
Qu'il m'ait rendue à ma premiere vie;
Et qu'à jamais sensible à ses bontés,
Je n'oublierai . . . rien . . . que ses cruautés.

GERMON.

Vous me fendez le cœur, & tout à l'heure
Je quitterois pour vous cette demeure.
J'irois partout avec vous m'établir;
Mais Monsieur Blaise a sû nous prévenir.

Qu'il est heureux! avec vous il va vivre:
Chacun voudroit l'imiter & vous suivre.

NANINE.

On est bien loin de me suivre. . . Ah! Germon,
Je suis chassée . . . & par qui? . . .

GERMON.

Le démon
A mis du sien dans cette brouillerie;
Nous vous perdons . . , & Monsieur se marie.

NANINE.

Il se marie! . . . Ah! partons de ce lieu,
Il fut pour moi trop dangereux . . . Adieu. . .

Elle sort.

GERMON.

Monsieur le Comte a l'ame un peu bien dure:
Comment chasser pareille créature!
Elle paraît une fille de bien.
Mais il ne faut pourtant jurer de rien.

SCENE II.

LE COMTE, GERMON.

LE COMTE.

Eh bien, Nanine est donc enfin partie?

GERMON.

Oui, c'en est fait.

LE

LE COMTE.

J'en ai l'ame ravie.

GERMON.

Votre ame eſt donc de fer.

LE COMTE.

Dans le chemin
Philippe Hombert lui donnoit-il la main?

GERMON.

Qui? quel Philippe Hombert? Hélas! Nanine,
Sans écuyer, fort triſtement chemine;
Et de ma main ne veut pas ſeulement.

LE COMTE.

Où donc va-t-elle?

GERMON.

Où? mais apparemment
Chez ſes amis.

LE COMTE.

A Rémival, ſans doute.

GERMON.

Oui, je crois bien qu'elle prend cette route.

LE COMTE.

Va la conduire à ce couvent voiſin
Où la Baronne alloit dès ce matin:
Mon deſſein eſt qu'on la mette ſur l'heure
Dans cette utile & décente demeure:
Ces cent louis la feront recevoir.
Va; . . . garde-toi de laiſſer entrevoir

Que

Que c'eſt un don que je veux bien lui faire.
Dis-lui que c'eſt un préſent de ma mere;
Je te défends de prononcer mon nom.

GERMON.

Fort bien; je vais vous obéïr.

Il fait quelques pas.

LE COMTE.

Germon,
A ſon départ, tu dis que tu l'as vûe.

GERMON.

Eh! oui, vous dis-je.

LE COMTE.

Elle étoit abattue?
Elle pleuroit?

GERMON.

Elle faiſoit bien mieux,
Ses pleurs couloient à peine de ſes yeux:
Elle vouloit ne pas pleurer.

LE COMTE.

A-t-elle
Dit quelque mot qui marque, qui décele
Ses ſentimens? As-tu remarqué? . . .

GERMON.

Quoi?

LE COMTE.

A-t-elle enfin, Germon, parlé de moi!

GERMON.

Eh! oui, beaucoup.

LE COMTE.

Eh bien, dis-moi donc, traître,
Qu'a-t-elle dit?

GERMON.

Que vous êtes ſon maître;
Que vous avez des vertus, des bontés;
Qu'elle oubliera tout, hors vos crúautés.

LE COMTE.

Va . . . mais ſurtout gardes qu'elle revienne.

Germon ſort.

Germon!

GERMON.

Monſieur.

LE COMTE.

Un mot, qu'il te ſouvienne
Si par hazard, quand tu la conduiras,
Certain Hombert venoit ſuivre ſes pas,
De le chaſſer de la belle maniere.

GERMON.

Oui, poliment à grands coups d'étriviere;
Comptez ſur moi; je ſers fidelement.
Le jeune Hombert, dites-vous?

LE COMTE.

Juſtement.

GERMON.

Bon, je n'ai pas l'honneur de le connaître;
Mais le premier que je verrai paraître

Sera

Sera rossé de la bonne façon;
Et puis après il me dira son nom.

Il fait un pas & revient.

Ce jeune Hombert est quelque amant, je gage,
Un beau garçon, le coq de son village.
Laissez-moi faire.

LE COMTE.

Obéïs promptement.

GERMON.

Je me doutois qu'elle avoit quelque amant,
Et Blaise aussi lui tient au cœur peut-être:
On aime mieux son égal que son maître.

LE COMTE.

Ah! cours te dis-je.

SCENE III.

LE COMTE *seul.*

Hélas! il a raison,
Il prononçoit ma condamnation:
Et moi du coup qui m'a pénétré l'ame,
Je me punis, la Baronne est ma femme;
Il le faut bien, le sort en est jetté,
Je souffrirai, je l'ai bien mérité.

Ce mariage est au moins convenable:
Notre Baronne a l'humeur peu traitable,
Mais, quand on veut, on sait donner la loi,
Un esprit ferme est le maître chez soi.

SCENE IV.

LE COMTE, LA BARONNE, LA MARQUISE.

LA MARQUISE.

Or ça, mon fils, vous épousez Madame.

LE COMTE.

Eh, oui.

LA MARQUISE.

Ce soir elle est donc votre femme.
Elle est ma bru?

LE COMTE.

Si vous le trouvez bon.

LA BARONNE.

J'aurai, je crois, votre approbation.

LA MARQUISE.

Allons, allons, il faut bien y souscrire;
Mais dès demain chez moi je me retire.

LE COMTE.

Vous retirer! eh, ma mere, pourquoi?

LA MARQUISE.

J'emmenerai ma Nanine avec moi.

Vous

Vous la chassez, & moi je la marie;
Je fais la nôce en mon château de Brie,
Et je la donne au jeune Sénéchal,
Propre neveu du Procureur Fiscal,
Jean Roc Souci; c'est lui de qui le pere
Eut à Corbeil cette plaisante affaire:
De cet enfant je ne peux me passer;
C'est un bijou que je veux enchasser.
Je vais la marier. . . Adieu.

LE COMTE.

Ma mere,
Ne soyez pas contre nous en colere;
Laissez Nanine aller dans un couvent,
Ne changez rien à notre arrangement.

LA BARONNE.

Oui, croyez-nous, Madame, une famille
Ne se doit point charger de telle fille.

LA MARQUISE.

Comment! quoi donc!

LA BARONNE.

Peu de chose.

LA MARQUISE.

Mais.

LA BARONNE.

Rien.

LA MARQUISE.

Rien, c'est beaucoup. J'entends, j'entends fort bien.

Auroit-

Auroit-elle eu quelque tendre folie?
Cela se peut, car elle est si jolie:
Je m'y connais: on tente, on est tenté,
Le cœur a bien de la fragilité.
Les filles sont toujours un peu coquettes,
Le mal n'est pas si grand que vous le faites.
Ça, contez-moi, sans nul déguisement,
Tout ce qu'a fait notre charmante enfant.

LE COMTE.

Moi, vous conter?

LA MARQUISE.

Vous avez bien la mine
D'avoir au fond quelque goût pour Nanine:
Et vous pourriez. . .

SCENE V.

LE COMTE, LA MARQUISE, LA BARONNE, MARIN *en bottes.*

MARIN.

Enfin, tout est baclé,
Tout est fini.

LA MARQUISE.

Quoi?

LA BARONNE.

Qu'est-ce?

MARIN.

J'ai parlé

A nos marchands, j'ai bien fait mon meſſage,
Et vous aurez demain tout l'équipage.

LA BARONNE.

Quel équipage ?

MARIN.

Oui, tout ce que pour vous
A commandé votre futur époux.
Six beaux chevaux, & vous ſerez contente
De la berline; elle eſt bonne, brillante,
Tous les paneaux par Martin ſont vernis;
Les diamans ſont beaux, très-bien choiſis,
Et vous verrez des étoffes nouvelles
D'un goût charmant. . . Oh! rien n'approche d'elles.

LA BARONNE, *au Comte.*

Vous avez donc commandé tout cela?

LE COMTE.

à part.

Oui. . . Mais pour qui?

MARIN.

Le tout arrivera
Demain matin dans ce nouveau caroſſe,
Et ſera prêt le ſoir pour votre nôce.
Vive Paris pour avoir ſur le champ
Tout ce qu'on veut quand on a de l'argent.
En revenant j'ai revû le Notaire
Tout prêt d'ici griffonnant votre affaire.

LA BARONNE.

Ce mariage a trainé bien long-tems.

LA

LA MARQUISE *à part.*

Ah! je voudrois qu'il traînât quarante ans.

MARIN.

Dans ce sallon j'ai trouvé tout à l'heure
Un bon vieillard qui gémit & qui pleure:
Depuis long-tems il voudroit vous parler.

LA BARONNE.

Quel importun! qu'on le fasse en aller:
Il prend trop mal son tems.

LA MARQUISE.

Pourquoi, Madame?
Mon fils, ayez un peu de bonté d'ame;
Et croyez-moi, c'est un mal des plus grands
De rebuter ainsi les pauvres gens.
Je vous ai dit cent fois dans votre enfance,
Qu'il faut pour eux avoir de l'indulgence,
Les écouter d'un air affable, doux;
Ne sont-ils pas hommes tout comme nous?
On ne sait pas à qui l'on fait injure,
On se repent d'avoir eu l'ame dure.
Les orgueilleux ne prosperent jamais:

à Marin.

Allez chercher ce bon homme.

MARIN.

J'y vais.

Il sort.

LE COMTE.

Pardon, ma mere, il a fallu vous rendre
Mes premiers soins, & je suis prêt d'entendre
Cet homme-là malgré mon embarras.

SCENE VI.

LE COMTE, LA MARQUISE, LA BARONNE, LE PAYSAN.

LA MARQUISE, *au Paysan.*

Approchez-vous, parlez, ne tremblez pas.

LE PAYSAN.

Ah! Monseigneur, écoutez-moi de grace:
Je suis... Je tombe à vos pieds que j'embrasse,
Je viens vous rendre.

LE COMTE.

Ami, relevez-vous,
Je ne veux point qu'on me parle à genoux,
D'un tel orgueil je suis trop incapable.
Vous avez l'air d'être un homme estimable.
Dans ma maison cherchez-vous de l'emploi?
A qui parlai-je?

LA MARQUISE.

Allons, rassure-toi.

LE PAYSAN.

Je suis, hélas! le pere de Nanine.

LE COMTE.

Vous ?

LA BARONNE.

Ta fille est une grande coquine.

LE PAYSAN.

Ah! Monseigneur, voila ce que j'ai craint,
Voila le coup dont mon cœur est atteint:
J'ai bien pensé qu'une somme si forte
N'appartient pas à des gens de sa sorte:
Et les petits perdent bientôt leurs mœurs,
Et sont gâtés auprès des grands Seigneurs.

LA BARONNE.

Il a raison. Mais il trompe, & Nanine
N'est point sa fille, elle étoit orpheline.

LE PAYSAN.

Il est trop vrai: chez de pauvres parens
Je la laissai dès ses plus jeunes ans.
Ayant perdu mon bien avec sa mere,
J'allai servir, forcé par la misere,
Ne voulant pas dans mon funeste état
Qu'elle passât pour fille d'un soldat,
Lui défendant de me nommer son pere.

LA MARQUISE.

Pourquoi cela? Pour moi je considere
Les bons soldats, on a grand besoin d'eux

LE COMTE.

Qu'a ce métier, s'il vous plait, de honteux

LE PAYSAN.

Il eſt bien moins honoré qu'honorable.

LE COMTE.

Ce préjugé fut toujours condamnable:
J'eſtime plus un vertueux ſoldat
Qui, de ſon ſang, ſert ſon prince & l'état,
Qu'un important que ſa lâche induſtrie
Engraiſſe en paix du ſang de la patrie.

LA MARQUISE.

Ça, vous avez vû beaucoup de combats,
Contez-les moi bien tous, n'y manquez pas.

LE PAYSAN.

Dans la douleur, hélas! qui me déchire,
Permettez-moi ſeulement de vous dire
Qu'on me promit cent fois de m'avancer:
Mais ſans appui comment peut-on percer?
Toujours jetté dans la foule commune,
Mais diſtingué, l'honneur fut ma fortune.

LA MARQUISE.

Vous êtes donc né de condition?

LA BARONNE,

Fi, quelle idée!

LE PAYSAN, *à la Baronne.*

Hélas! Madame, non,
Mais je ſuis né d'une honnête famille,
Je méritois peut-être une autre fille.

LA

LA MARQUISE.

Que vouliez-vous de mieux ?

LE COMTE.

Eh! poursuivez.

LA MARQUISE.

Mieux que Nanine ?

LE COMTE.

Ah! de grace, achevez.

LE PAYSAN.

J'appris qu'ici ma fille fut nourrie,
Qu'elle y vivoit bien traitée & chérie:
Heureux alors, & bénissant le Ciel,
Vous, vos bontés, votre soin paternel,
Je suis venu dans le prochain village,
Mais plein de trouble & craignant son jeune age
Tremblant encor, lorsque j'ai tout perdu,
De retrouver le bien qui m'est rendu.

Montrant la Baronne.

Je viens d'entendre au discours de Madame
Que j'eus raison: elle m'a percé l'ame,
Je vois fort bien que ces cent Louis d'or,
Des diamans, sont un trop grand trésor
Pour les tenir par un droit légitime:
Elle ne peut les avoir eu sans crime.
Ce seul soupçon me fait frémir d'horreur,
Et j'en mourrois de honte & de douleur.
Je suis venu soudain pour vous les rendre,
Ils sont à vous, vous devez les reprendre;

Et si ma fille est criminelle, hélas!
Punissez-moi, mais ne la perdez pas.

LA MARQUISE.

Ah, mon cher fils, je suis toute attendrie?

LA BARONNE.

Ouais, est-ce un songe? Est-ce une fourberie?

LE COMTE.

Ah! qu'ai-je fait?

LE PAYSAN. *Il tire la bourse & le paquet.*

Tenez, Monsieur, tenez.

LE COMTE.

Moi les reprendre! ils ont été donnés,
Elle en a fait un respectable usage.
C'est donc à vous qu'on a fait le message?
Qui l'a porté?

LE PAYSAN.

C'est votre Jardinier,
A qui Nanine osa se confier.

LE COMTE.

Quoi! c'est à vous que le présent s'adresse?

LE PAYSAN.

Oui, je l'avoue.

LE COMTE.

O douleur! ô tendresse!
Des deux côtés quel excès de vertu!
Et votre nom? Je demeure éperdu!

LA MARQUISE.

Eh, dites donc votre nom. Quel mistere!

LE

LE PAYSAN.

Philippe Hombert de Gatine.

LE COMTE.

Ah! mon pere?

LA BARONNE.

Que dit-il là?

LE COMTE.

Quel jour vient m'éclairer.
J'ai fait un crime, il le faut réparer:
Si vous saviez combien je suis coupable!
J'ai maltraité la vertu respectable.

Il va lui-même à un de ses gens.

Hola! courez.

LA BARONNE.

Et quel empressement?

LE COMTE.

Vîte un carosse.

LA MARQUISE.

Oui, Madame, à l'instant,
Vous devriez être sa protectrice;
Quand on a fait une telle injustice,
Sachez de moi que l'on ne doit rougir
Que de ne pas assez se repentir.
Monsieur mon fils a souvent des lubies
Que l'on prendroit pour de franches folies.
Mais dans le fonds c'est un cœur généreux;
Il est né bon, j'en fais ce que je veux.

Vous n'êtes pas, ma bru, si bienfaisante,
Il s'en faut bien.

LA BARONNE.

Que tout m'impatiente!
Qu'il a l'air sombre, embarrassé, rêveur,
Quel sentiment étrange est dans son cœur?
Voyez, Monsieur, ce que vous voulez faire.

LA MARQUISE.

Oui, pour Nanine.

LA BARONNE.

On peut la satisfaire
Par des présens.

LA MARQUISE.

C'est le moindre devoir.

LA BARONNE.

Mais moi jamais je ne veux la revoir;
Que du château jamais elle n'approche:
Entendez-vous?

LE COMTE.

J'entends.

LA MARQUISE.

Quel cœur de roche!

LA BARONNE.

De mes soupçons évitez les éclats.
Vous hésitez?

LE COMTE *après un silence.*

Non, je n'hésite pas.

LA

LA BARONNE.

Je dois m'attendre à cette déférence;
Vous le devez à tous les deux je pense.

LA MARQUISE.

Seriez-vous bien assez cruel, mon fils ?

LA BARONNE.

Quel parti prendrez-vous?

LE COMTE.

Il est tout pris.
Vous connaissez mon ame & sa franchise:
Il faut parler, ma main vous fut promise;
Mais nous n'avions voulu former ces nœuds,
Que pour finir un procès dangereux.
Je le termine, & dès l'instant je donne,
Sans nul regret, sans détour j'abandonne
Mes droits entiers & les prétentions
Dont il naquit tant de divisions.
Que l'intérêt encor vous en revienne,
Tout est à vous, jouissez-en sans peine:
Que la raison fasse du moins de nous
Deux bons parens ne pouvant être époux.
Oublions tout, que rien ne nous aigrisse:
Pour n'aimer pas, faut-il qu'on se haïsse?

LA BARONNE.

Je m'attendois à ton manque de foi:
Va, je renonce à tes présens, à toi.

Traître,

Traître, je vois avec qui tu vas vivre,
A quel mépris ta passion te livre.
Sers noblement sous les plus viles loix,
Je t'abandonne à ton indigne choix.

Elle sort.

SCENE VII.

LE COMTE, LA MARQUISE, PHILIPPE HOMBERT.

LE COMTE.

Non, il n'est point indigne; non, Madame,
Un fol amour n'aveugla point mon ame.
Tant de vertus qu'il faut récompenser
Doit m'attendrir, & ne peut m'abaisser.
Dans ce vieillard ce qu'on nomme bassesse
Fait son mérite, & voila sa noblesse.
La mienne à moi c'est d'en payer le prix;
C'est pour des cœurs par eux-même annoblis
Et distingués par ce grand caractere
Qu'il faut passer sur la regle ordinaire;
Et leur naissance avec tant de vertus,
Dans ma maison n'est qu'un titre de plus.

LA MARQUISE.

Quoi donc? quel titre? & que voulez-vous dire?

SCENE

SCENE VIII.

LE COMTE, LA MARQUISE, NANINE, PHILIPPE HOMBERT.

LE COMTE *à sa mere.*

Son seul aspect devroit vous en instruire.

LA MARQUISE.

Embrasse-moi cent fois, ma chere enfant.
Elle est vêtue un peu mesquinement:
Mais qu'elle est belle; & comme elle a l'air sage

NANINE.

(courant entre les bras de Philippe Hombert, après s'être baissée devant la Marquise.)

Ah! la nature a mon premier hommage.
Mon pere!

PHILIPPE HOMBERT.

O Ciel! ô ma fille! Ah, Monsieur,
Vous réparez quarante ans de malheur!

LE COMTE.

Oui; mais comment faut-il que je répare
L'indigne affront qu'un mérite si rare,
Dans ma maison, pût de moi recevoir?
Sous quel habit revient-elle nous voir!
Il est trop vil, mais elle le décore,
Non, il n'est rien que Nanine n'honore.
Eh bien, parlez: Auriez-vous la bonté
De pardonner à tant de dureté?

NANINE.

NANINE.

Que me demandez-vous? Ah! je m'étonne
Que vous doutiez si mon cœur vous pardonne.
Je n'ai pas crû que vous puissiez jamais
Avoir eu tort après tant de bienfaits.

LE COMTE.

Si vous avez oublié cet outrage,
Donnez-m'en donc le plus sûr témoignage:
Je ne veux plus commander qu'une fois,
Mais jurez-moi d'obéir à mes loix.

PHILIPPE HOMBERT.

Elle le doit, & sa reconnaissance. . . .

NANINE *à son pere.*

Il est bien sûr de mon obéïssance.

LE COMTE.

J'ose y compter. Oui, je vous avertis
Que vos devoirs ne sont pas tous remplis.
Je vous ai vûe aux genoux de ma mere,
Je vous ai vûe embrasser votre pere;
Ce qui vous reste en des momens si doux . . .
C'est. . . à leurs yeux. . . d'embrasser . . . votre époux.

NANINE.

Moi!

LA MARQUISE.

Quelle idée! Est-il bien vrai?

PHILIPPE HOMBERT.

Ma fille!

LE

LE COMTE *à sa mere.*

Le daignez-vous permettre?

LA MARQUISE.

La famille
Etrangement, mon fils, clabaudera.

LE COMTE.

En la voyant elle l'approuvera.

PHILIPPE HOMBERT.

Quel coup du sort; non, je ne puis comprendre
Que jusques-là vous prétendiez descendre.

LE COMTE.

On m'a promis d'obéir . . . je le veux.

LA MARQUISE.

Mon fils.

LE COMTE.

Ma mere, il s'agit d'être heureux.
L'intérêt seul a fait cent mariages:
Nous avons vû les hommes les plus sages
Ne consulter que les mœurs & le bien:
Elle a les mœurs, il ne lui manque rien;
Et je ferai par goût & par justice
Ce qu'on a fait cent fois par avarice.
Ma mere, enfin terminez ces combats,
Et consentez.

NANINE.

Non, n'y consentez pas:
Opposez-vous à sa flâme . . . à la mienne,
Voila de vous ce qu'il faut que j'obtienne.

L'amour

L'amour l'aveugle, il le faut éclairer:
Ah! loin de lui, laissez-moi l'adorer.
Voyez mon sort, voyez ce qu'est mon pere:
Puis-je jamais vous apeller ma mere?

LA MARQUISE.

Oui, tu le peux, tu le dois; c'en est fait,
Je ne tiens pas contre ce dernier trait;
Il nous dit trop combien il faut qu'on t'aime,
Il est unique . . . aussi-bien que toi-même.

NANINE.

J'obéïs donc à votre ordre; à l'amour
Mon cœur ne peut résister.

LA MARQUISE.

Que ce jour
Soit des vertus la digne récompense . . .
Mais sans tirer jamais à conséquence.

Fin du troisieme & dernier Acte.

FIN DU TOME NEUVIEME.

Imprimé à Leipsic
chez Jean Gottl. Imman. Breitkopf.
1750.

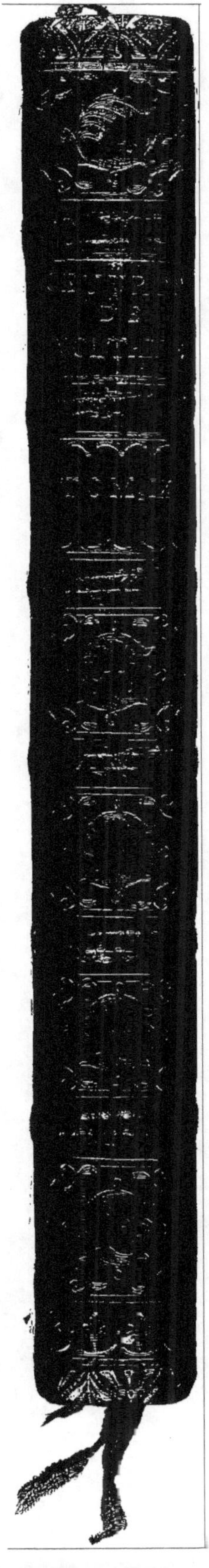

www.ingramcontent.com/pod-product-compliance
Lightning Source LLC
Chambersburg PA
CBHW071846020726
47502CB00003B/629
9782011337030